KB020976

교사 엄마의 공개 일기

별걸 다 말합니다

이 책은 '2022 NEW BOOK 프로젝트-협성문화재단이
당신의 책을 만들어드립니다.' 선정작입니다.

교사 엄마의 공개 일기

별걸 다 말합니다

강후림

차
례

일러두기

본문에 언급되는 창작물 중, 단행본은 『 』, 단편 소설이나 시 한
편은 「 」, 영화·노래·드라마·프로그램 등은 〈 〉로 표기했습니다.

수업 팁, 육아 팁은 없습니다만.

두 해 전 늦가을, 집 근처 독립서점에서 하는 글쓰기 모임에 참여했다. 함께 책을 읽고 특정 단어를 키워드 삼아 각자 써 온 에세이를 합평하는 자리였는데, 하도 오랜만에 글다운 글을 써 본지라 여간 어려운 일이 아니었다. 국어 교사로서 줄곧 아이들 글을 평가만 해 오던 나로서는 부끄럽게도 그제야 아이들의 고충을 실감했다. 따뜻하고 우호적인 분위기에 힘입어 마음속 응어리들을 조금씩 풀어내기 시작했다. 지금 생각하면 '생면부지의 사람들 앞에서 굳이 그런 이야기까지…' 싶을 정도로 지극히 사적이고 내밀한 이야기들이었다. 비단 나만 그런 건 아니었다. 묵혀 둔 상처와 외면해 온 기억들이 글을 매개로 줄줄이 이어졌다. 늘 가족과 함께였던 주말 오전, 낯선 공간에서 낯선 이들과 함께 삶과 글을 나눈 경험은 내 인생의 중요한 변곡점이 되었다.

그 후 또 다른 글쓰기 모임을 여럿 전전했다. 유명한 기성작가들과 함께하는 온라인 모임부터 지역 문화 공간에서 실시하는 특강까지. 마음먹고 찾아보니 함께 글을 쓰려는 이들이 곳곳에 즐비했다. 늘 머물던 교사 집단에서 벗어나 갖가지 직업군, 다양한 나이대의 사람들과 소통하면서 내 안의 편견과 얕은 식견, 미처 몰랐던 다채로운 생의 면면과 마주했다. 길어야 두세 달 내로 종료되는 게 아쉬워서 급기야 직접 모임을 만들기에 이르렀다. 독자 없는 일기 쓰기는 어쩐지 김빠지는 일이었으니까. 초등학생 때 쓰던 일기들도 담임 선생님이 읽어 준다는 생각에 더 열심이지 않았나. 지금도 인연을 이어가고 있는 글벗들이 없었다면 결코 쓰지 못했을 글들이었다.

막연히 생각했다. 내 인생에 콘텐츠랄 게 있나. 읽힐 글이 될만한 뭔가가 있긴 한가. 이력이 독특한 것도, 인생사 우여곡절이 많은 것도 아닌데. 비록 입이 떡 벌어질 만한 흥미진진한 이야깃거리는 못 되어도, 글을 쓰기 시작하면서 내 일상은 온통 글감으로 가득 차기 시작했다. 교무실에서 은밀히 오간 대화들, 수업 중 아이들의 표정, 졸업생에게서 걸려 온 한 통의 전화, 사소한 이유로 시작된 배우자와의 언쟁, 잠든 아이의 무구한 얼굴, 함께 읽은 그림책 속 구절 같은 것들이 모두 글감이 되었다. 노여움이든 슬픔이든 충만감이든 그 격한 감정 끝에 나도 모르게 스멀스멀 피어오르던 생각, '오, 이거 글이 되겠군.' 그렇게 점점 글 쓰는 몸이 되어 갔다. 단편적인 사건 혹은 감정들이 한 꼭지의 글이 되기까지는 참으로 지난한 과정이 필요했지만, 동시에 가슴 뻐근한 즐거움이 되기도 했다. 그냥 흘려보내던 하루, 어렴풋한 생각, 갈팡질팡하던 마음들이 단정한 모습으로 차곡차곡 쌓이는 뿌듯함이란.

"나는 글 쓰는 게 싫어. 쓴 글이 좋아."라고 했던 미국 시인 도로시 파커의 말에 격하게 고개를 끄덕였다. 순발력도 부족하고 입담도 좋지 못한 나로서는, 다소 시간이 걸리더라도 생각을 벼리고 다듬어서 한 편의 완성된 글로 내놓는 일이 대변인을 앞세운 듯한 든든함으로 다가왔으니까. 글을 쓰기 위해 사유하는 시간만큼 철들고 있다는 느낌, 일상을 글로 붙잡아 나만의 역사로 만드는 경험은 지루한 퇴고의 시간을 기꺼이 견디게 했다.

내가 쓰려는 글은 내 삶을 이루는 조건들에서 벗어날 수 없었다. 교사와 엄마라는 정체성을 빼면, 할 수 있는 이야기가 많지 않았으니까. 하지만 으레 기대하고 예상하는 대로 잘된 수업만 추려서 소개하는 글, 입시나 자녀 교육에 도움 되는 팁을 알려 주는 글은 영 내키지 않았다. 그런 목적이라면 딱히 할 수 있는 말이 없어서이기도 했다. 그동안 교사와 엄마의 말하기는 충분히 제한되어 왔다. 타의 모범이 되고, 모성을 증명하고 강화하는 방식으로. 더욱이 현직 교사인 엄마의 말과 글이라면 무슨 부언이 더 필요하랴. 그런 사회적 기대에 반문하고 싶었다. 교육계에 몸담은 기혼여성으로서 마주했던 숱한 의문들을 그냥 내 방식대로 마주하기로 했다.

학교 현장에서 불평등한 노동 구조를 목도하거나 현 교육 체제의 한계를 여실히 느낄 때면 깊은 환멸을 느꼈다. 하지만 눈앞에 닥친 수업과 업무에 밀려, 불쑥 치밀곤 했던 회의감은 뒷전이기 일쑤였다. 좋은 게 좋은 거라고 그냥 현장 분위기에 순응하고 내가 좀 더 고생하면 딱히 화낼 일도, 불편할 일도 없었다. 조속한 타협, 찌든 타성, 만연한 차별 같은 것들이 찌끼처럼 가라앉아 있었으나, 겉으로 보이는 바는 천연하고 무사했다.

글을 쓰면서 그간 쌓아만 놓았던 의문들, 애써 회피했던 묵인의 순간들을 이리저리 헤집기 시작했다. 새삼 화가 치밀기도 하고, 불현듯 안타까운 마음이 되기도 했다. 정작 누구에게 화를 내야 할지, 무엇을 놓치고 있었는지가 선명해졌다. 현직 고등학교 교사가 쓴 글답게 학교 현장의 일들을 거짓 없이 생생하게 담아 보려 했지만, 지역이나 개별 학교 분위기에 따라 천차만별인 부분이 있어 섣불리 일반화되거나 확대 해석되지는 않을까 조심스러웠다. 숱한 망설임 끝에, 원점으로 돌아가 그저 내 경험과 생각에 고스란히 집중하기로 했다. 애초에 학교 이야기를 시작한 것도 대단한 변화를 꾀하거나 현실 문제에 묘책을 내놓기 위함은 아니었으니까. 다만 내가 서 있는 자리, 내가 가진 자원의 한계 속에서 최선을 다해 현장을 담아 보려 애썼다.

엄마로 사는 것 역시 녹록지 않은 일이었다. 가족은 때로 족쇄처럼 느껴졌다. 결혼과 출산으로 인해 급격히 불어난 관계망이 한없이 거추장스럽게 다가올 때도 많았다. 아이 때문에 할 수 없는 것들, 아이 때문에 할 수밖에 없는 것들을 담담하고 무던하게 받아들이지 못했다. 포기한 것들에 대한 미련, 강요된 모성에 대한 반감, 가정 내 고르지 못한 역할 분배 때문에 아이에게 화풀이한 날도 많았다. 하나의 독자적인 존재로서 누구에게도 종속되지 않기 위해 발버둥 치는 동안 제풀에 지치곤 했던 날들.

나를 힘들게 하는 것이 나를 철들게 한다고 했던가. 아이와 더불어 나도 자라는 중이라는 걸 글을 쓰면서야 알았다. 더 이상 내 일이 아니라고 생각했던 것들이 절실한 삶의 문제로 다가오기도 하고, 무심결에 감추어 두었던 기억이 새삼 고개를 들기도 했다. 함께 읽은 그림책, 뜻밖의 대화, 다정한 교감의 순간들은 정작 나를 위한 것이었을지도. 부모이기에 경험했던 일상과 엄마로서 보고 들은 자녀 교육의 현실을 사사롭게 기록했다. 끝까지 키워 봐야 안다지만, 그마저도 기껏해야 내 자식에 국한된 경험인 것을. 어설피 일반화하거나 자식 안 키워 본 사람들은 모른다는 식의 오만에 빠질까 내내 노심초사했다.

청와대 연설 담당 행정관 출신의 작가 강원국은 『강원국의 글쓰기』에서 이렇게 말했다. "글 쓰는 사람은 태생이 '관종'(관심 종자)이다." 남의 관심과 인정을 갈구하며 사는 자, 끊임없이 나를 성장시키고 성장한 나를 표현하고 그것을 통해 관심을 받고자 하는 존재들이 바로 작가라는 것. 내가 책을 쓰고자 한 것도 비슷한 이유라는 생각이 들었다. 내가 품은 의문과 생각들, 내가 겪은 성장과 변화의 지점들을 세상에 내어놓음으로써 나라는 존재를 확인하고 싶었으니까. 무엇인가를 움직이고 어딘가에 이바지하기 이전에 나만의 고유한 목소리를 지키고 드러내기 위함이 우선이었으니까. 쓰고 지우고 다시 쓰기를 수없이 반복하는 동안 나는 온전히 살아 있었다. 순순히 당하지 않고, 그냥저냥 흘러가지 않고, 누구보다 치열하게 살았다. 앞으로도 어디서든 자유롭게 나를 표현하고, 당당하게 관심과 인정을 바라는 관종이 되겠다. 내가 꺼내 놓은 이야기 어느 모퉁이에서 이어질 새로운 인연들을 기대하며.

1.

우
물
들
여
다
보
기

선생님이시죠?

"혹시 교사이신가요?" 또는 "선생님이시죠?"라는 말을 종종 듣는다. 그럴 때면 나의 어떤 면이 그런 추측을 하게 했는지 새삼 돌아보게 된다. 단정한 머리, 실험적이지 않은 복장, 정돈된 말투 같은 것들 때문일까. 어떻게 알았냐는 질문에 으레 돌아오는 대답은 "왠지 그럴 것 같았어요." 행여나 내게서 어떤 정형화된 분위기를 느낀 걸지도. 대번에 직업을 알아맞히는 이를 만날 때면, 어쩐지 썩 유쾌하지만은 않다. 간혹 근무 중인 학교급을 물어오기도 하는데, 고등학교라는 것에 놀라고 그것도 남고라는 데에 또 한 번 놀란다. 아무래도 내가 십 대 후반의 남자애들을 휘어잡기에는 역부족으로 보이나 보다. 일정 부분 사실이기도 하지만.

이십 대 후반에 유럽 단체 배낭여행을 간 적이 있었다. 열댓 명쯤 되는 여행 메이트 중에 나와 동갑인 여자 친구가 하나 있었는데, 갓 스물이 된 남자애가 그 친구한테는 '누나'라 하고 내게는 '샘'이라고 하는 거였다. "나한테도 누나라고 해. 쟤랑 나랑 동 갑이야."라고 했더니 실실 웃으면서 하는 말이 "작년 담임 샘이랑 뭔가 비슷해서 누나라는 말이 잘 안 나와요."였다. 살짝 뿔이 나 서 더 이상 말을 보태진 않았는데, 끝내 '누나' 소리 한 번 못 듣 고 귀국했다. 그 남자애가 나를 깍듯하게 대했던 게 단지 교사여 서만은 아니었겠지만, 다른 이유를 찾아보려다 그냥 관뒀다. 나 이가 많아 보인다거나 어쩐지 대하기가 어렵다는 등의 이유라면 더 언짢을 것 같아서. 그 후로도 비슷한 일을 몇 번 더 겪으면서 나를 소개하는 말에 굳이 직업을 언급하지 않게 됐다. '누나' 소 리를 듣지 못해 한이 맺혔다기보다는 같은 직업군의 무리에서 벗 어나는 순간, 교사로서의 내가 재미없는 인간, 무채색의 인간이 된 듯한 느낌을 종종 받았으므로.

얼마 전, 놀이터에서 놀고 있는 아이를 지켜보고 섰다가 아이 친구의 엄마들과 말을 트게 됐다. 애들, 엄마들 할 것 없이 다 같 이 간식을 나눠 먹으며 담소를 나누던 중에 한 엄마가 "○○이 엄 마가 학교 선생님이시더라고요."라고 하는 통에 "우리 엄마도 선 생님인데요?"라며 아이가 내 직업을 덩달아 밝혀 버렸다. "어머 나, 정말요? 뭔가 달라 보여요." 내가 교사임을 단박에 알아맞히 는 것만큼이나 여러 생각을 하게 만드는 반응이었다. 화장기 없 는 얼굴에 머리를 질끈 틀어 묶고 슬리퍼를 끌고 나온 내 행색이 새삼 추레해 보였다. 그때까지 아이들 학교 담임 선생님 이야기로 열을 올리던 엄마들이 갑자기 말을 아끼는 듯했다. 어색함을 지우려 짐짓 웃으며 말했다. "아유, 편하게 생각하세요. 저는 고등학교에 있어서 초등학교 사정은 잘 몰라요." 괜히 혼자서 불편했던 건지도 모르겠다. 다들 그냥 그러려니 했을 텐데. 그래, 그게 무슨 기밀이라고.

교사 집단을 바라보는 다층적인 시선을 난들 모르겠나. "스승의 그림자도 밟지 않는다."라는 말은 케케묵다 못해 폐기된 옛말이고, "제발 그림자만 밟아 줬으면 좋겠다."라는 우스갯소리가 나올 정도로 교사의 위상과 교권이 땅에 떨어진 시대다. 그러면서도 선망하는 직업군 목록에서 빠지지 않는 게 교직인 걸 보면 왠지 사회적 애증의 대상이 된 것 같아 몸 둘 바를 모르겠다. '보수적이고 철밥통에다 방학까지 챙겨 먹는 교사들'이라는 불만의 눈초리에서 결코 자유로울 수 없는 것은 완전 부정이 힘들기 때문이다. 웬만해선 잘릴 일이 없다는 점에서 철밥통이 맞고, 보충 수업이나 업무 처리 때문에 출근을 한다고 해도 직장인 평균 휴가 일수를 한참 웃도는 방학이 기다리고 있으니까. 게다가 교사가 하는 일이란 게 아이들을 사회에 무사히 통합시키고 결국은 체제를 유지하기 위함이 아닌가.

교사 집단이 자주 공박의 대상이 되는 건 한국 사회에서의 공정·정의 가치가 교육과 밀접하게 맞닿아 있어서이기도 하지만,

그만큼 친근한 직업군이기 때문이라는 생각이 든다. 아동기와 청소년기 전반에 걸쳐 가장 오랜 시간을 함께한 어른 집단이 바로 교사들이므로 싫든 좋든 그들에 대한 기억을 평생 안고 살아갈 수밖에 없다. 성역화되어 함부로 범접할 수 없는 의료계나 법조계와 달리 교육계는 누구나 제 삶으로 만나 온 직업군이므로 제각기 추억이 있고 할 말이 많은 것이다. 이 치열한 교육 경쟁 속에서 학교라는 공간을 감옥처럼 여겼던 이들이 많을 텐데, ―심지어 나조차도― 교사에 대한 인식이 좋기만 할 리 만무하다. 더군다나 자신의 학창 시절과 자녀의 학교생활이 큰 틀에서는 별반 다를 게 없다는 것을 깨달은 다음에야.

많은 게 달라졌지만 많은 게 그대로다. 학생을 수업의 주체로 세우고 배움 중심 교육이 곳곳에서 이루어지고 있지만 여전히 많은 교사가 주입식 수업을 고수하고 있고, 과정 중심 수행 평가*의 비중이 높아졌지만 여전히 지필 평가에 좌우되는 등급 산출과 줄 세우기는 대입 체제 자체를 갈아엎지 않는 이상 근본적인 쇄신이 불가능하다. 평생을 학교에서 보내는 교사 집단이 외부에서 보기에 고인 물처럼 보이는 건, 어쩌면 타당하다.

그저 돈벌이 수단으로 이 직업을 택한 것은 결코 아니지만,

---

* 학생의 학습과제 수행 과정이나 결과물을 직접 관찰하고 검토한 바를 토대로 전문적인 판단을 내리는 평가 방법. 결과나 성취 중심 평가에서 벗어나 과정 중심 평가를 통해 학생의 전인적 발달을 꾀한다.

어쨌거나 나는 교직에 종사하며 벌어먹고 산다. 사명감 따위야 차치하고 교사는 어디까지나 나의 직업이며 내 정체성에 큰 지분을 가지고 있다. 나조차도 교사 집단을 마냥 우호적인 시각으로 바라보긴 힘든 판국이니, 때때로, 아니, 자주 회의감이 든다. 그 와중에 "저는 달라요."라며 홀로 고고한 척할 생각은 추호도 없다. "그래도 저는 열심히 노력하는 교사랍니다."라고 스스로 포장하며 공치사를 늘어놓을 생각도 물론 없다. 다만 이 직업에 애정을 품고 있는 사람으로서 이 시대 학교와 교육의 문제를 거짓이나 유보 없이 바라보고 기록하고픈 욕심은 있다. 거창하게 뭘 이루겠다거나 획기적인 변화를 꾀하려는 게 아니라, 그저 교사가 된 게 좀 더 자랑스러울 수 있도록. 적어도 "선생님이시죠?"라는 질문에 섞여 있을 좋은 의미마저 뭉개 놓고 지레 떨떠름해 하는 일은 없도록.

모범적인 게
뭔가요?

모범적이라는 말에 마음이 상했던 건 그때가 처음이었다. 한 글쓰기 모임에서 내 글을 합평하던 날이었다. 교직에 대한 고민을 담은 글이었는데, 누군가 이렇게 말했다. "글의 흐름이 뭔가 도식적이고 결말도 교훈적이어서 재미가 좀 없었어요." 나는 움찔했다. 정곡을 찔린 기분. 다른 피드백도 열심히 메모했다. 완벽한 글은 없고 글은 고칠수록 좋아지니까. 그러려고 이런 모임도 하는 거니까. 합평 소감을 이야기하며 피드백 감사하다, 열심히 메모해 뒀다, 다음 글에 반영하겠다고 했더니 누군가 웃으며 말했다. "너무 모범적이시네요." 나도 따라 웃었다. 하지만 어쩐지 기분이 좋지 않았다. 옹졸하게도 그 말을 오래도록 곱씹었다.

아니라고는 말 못 하겠다. 대체로 모범적으로 살아왔다. 하지 말라는 건 안 했고 해야 하는 건 최선을 다해서 해치웠다. 그 둘을 가르는 주체와 기준에 대한 고민은 부족했으나, 시절이 요구하는 것에의 성실한 순응은 삶을 비교적 순조롭게 했다. 다행스럽게도 책 읽고 공부하는 행위가 내 본성이나 욕구와 크게 어긋나지 않았으므로 어렵지 않게 모범적일 수 있었다. 학창 시절 담임 선생님들이 생활기록부에 공통으로 적어주신 말들. 타의 모범이 되는 어쩌고저쩌고. 당연해서 식상한 말들이 내 청소년기를 이끌었다.

그렇다고 "그래, 난 범생이었지."라고 매듭을 지어 버리기엔 뭔가 석연찮다. 학교 생활기록부가 증언하는 대로 난 그렇게 모범적이기만 한 학생은 아니었다. 체벌이 공공연하게 이루어지던 시절, 자습 시간에 조금 늦었다는 이유로 꿇어앉은 상태에서 허벅지를 때린 후 문지르지도 못하게 했던 선생님에게 바락바락 대들다가 뺨을 맞기도 했다. 이게 이렇게까지 맞을 일이냐고 울부짖는 나를 보며 아연실색하던 선생님의 얼굴이 아직도 생생하다. 아이들이 다 엎어져 자는데도 깨울 생각도 하지 않고 수업을 진행하는 선생님들에 관해 '학교장과의 대화'라는 익명 게시판에 실명으로 항의 글을 올렸다가 여러 사람 곤란하게도 했다. 나름의 정의는 있었으나 표현의 경로와 방식이 되바라지고 고약했던 날들. '타의 모범'이라는 평은 선생님들이 적당히 포장해 준 결과일지도.

학생의 본분이랄 것에 큰 회의가 없었던 것처럼 사랑에도 어수룩했다. 중·고등학교 모두 남녀공학을 나왔지만, 연애는 대학

가서 하라는 어른들의 충고대로 이성 교제는 하지 않았다. 학업에 매진하겠다는 갸륵한 마음으로 사랑도 미뤄둔 아쉬움은 성적으로 보상받았다. 성인이 되어서도 20대 중반이 되도록 관계 없는 연애 경험만 몇 번 있었는데, 하루는 문득 내가 맹추같이 느껴졌다. "나 이제 문란하게 살 거야." 호기롭게 다짐한 후 처음으로 만난 사람과 3년 연애 끝에 결혼까지 해 버렸다. 이런 세상에…. 연애는 남녀 간에 하는 거라는 주류의 인식에서 한 발짝도 벗어나지 못했고, 사랑을 지키는 방식도 결혼 외의 것들은 상상하지 못했다.

결혼에 이르기까지 별다른 우회 경로를 거치지 않은 나는 지금에서야 사랑의 다양한 형태와 방식을 염탐하며 주변을 기웃댄다. 상상의 폭이 지극히 좁았던 과거에 대해 속죄하는 마음으로. 결혼이라는 제도에 너무 빨리 발목 잡힌 억울함은 전통적인 아내와 엄마의 삶을 거부하는 것으로 해소해야지. 남편을 살뜰히 보필하고 아이를 위해 희생하면서도 일까지 야무지게 해내는 게 모범적인 기혼 직업여성의 삶이라면 나는 암만해도 못 하겠다. 현실적으로 버거운 일이어서기도 하지만, 그런 사회적 기대에 부응하고 싶은 마음이 조금도 없기 때문이다.

"너무 모범적이시네요."라는 한마디 말이 오래된 기억을 되살리고 현재의 나를 돌아보게 했다. 별 뜻 없는 농담이었더라도 그 말이 내게 못마땅하게 다가왔던 이유를 찬찬히 톺아본다. 내가 교사라는 걸 밝히지 않았어도 같은 말을 들었을까. 어쩌면 교사 집단의 경직성과 보수성을 은근히 꼬집는 말이 아니었을까. 이 집단에 속해 있는 것만으로도 나라는 인간이 고리타분한 존재로 납작하게 눌리는 것 같아서 어지간히 억울했나 보다.

권위적이고 정체된 집단이라는 은근한 빈정거림 속에서 교사들은 사회적으로 모범을 강요받는다. 다른 직종의 여타 사람들에게는 그냥 지나칠 수 있는 일도 교사에게는 큰 과오가 될 수 있다. 커 가는 아이들을 가르치는 교육자로서 마땅히 짊어져야 할 책무 외에도, "교사란 사람이…"에 함의된 사회적 기대가 지레 자신을 단속하게 한다. 비교적 모범적인 삶을 살았기에 교사가 될 수 있었으나 너무 모범적이기만 해서는 또 곤란했다. '꼰대 교사'나 '불통 교사'가 되지 않기 위해서는 부단히 유연해져야 했다. 앞으로 내가 지켜 가야 할 모범은 무엇인가. 과거의 내가 고민 없이 순응했던 삶의 도식들이 날카로운 질문이 되어 돌아온다. 내 안에 꿈틀대는 반항성을 기조 삼아 모범을 정의하는 주체와 기준에 물음표를 붙여 본다. 그래야 내 글도 더 재밌어질 것 같은 느낌.

일 년짜리 휴직이
환영받는 이유

"그냥 일 년 하시죠, 선생님. 쉴 때 푹 쉬시는 게⋯. 학교 측에서도 일 년짜리가 낫다는 거, 아시잖아요."

아이의 초등학교 입학을 앞두고 육아휴직 기간을 고민하던 내게 교무부장이 말했다. 휴직자 처리 업무에서 중요한 건 사유보다는 기간이니까. 어차피 그쪽으로 마음이 기울던 차에 그러겠다고 했다.

각종 휴직이나 결원 등으로 인원 보충이 필요할 때 학교에서는 기간제 교사를 모집한다. 일 년 단위로 학년이 바뀌고 업무가 재편성되는 학교 현장의 특성상 한 학기 휴직은 여러모로 애매하다. 담임 같은 중책을 맡기기엔 소위 '일 년짜리'가 낫다는 것. 잡무가 많고 감정 노동의 강도가 크다는 이유로 담임을 고사하는 교사들이 많은 와중에 적잖은 담임 자리가 기간제 교사에게 돌아간다. 선발 면접에서 담임 가능 여부를 확인하는 질문에 어렵겠다고 답할 이가 몇이나 될까. 이와 반대로 기간제 교사에게는 일절 담임 자리를 주지 않는 학교도 있다. 작정하고 떠넘기는 것과 아예 배제하는 것, 무에 다를까 싶지만.

교과부장을 하던 해, 인사위원회에 참석했을 때의 일이다. 그해 유독 담임 자리가 채워지지 않아 골머리를 앓던 중 1학기 육아 휴직을 신청한 A 교사가 후보로 거론되는 지경에 이르렀다. 1학기만 근무할 기간제 교사에게 담임을 맡기는 것도 무리일뿐더러 중간에 담임이 바뀌는 건 더더욱 곤란하다며 다들 난색을 보이는데, 교감이 잠깐 주저하는가 싶더니 이렇게 말했다.

"담임 주면 2학기 때 복직 안 할 겁니다, 아마."

속으로 뜨악했다. 다년간의 인사 경험은 저런 예지력을 갖게 하는가. 교감의 말투와 표정으로 보건대 A를 다소간 괘씸하게 여기는 듯했다. 교감에게 한 학기 휴직이란, 가계는 챙기고 담임은 피하려는 꼼수 정도로 읽히는 걸까. 인사 철마다 고심을 거듭하는 관리자 입장을 모르는 바 아니지만, 영 석연찮은 이유임에는 틀림없었다. 결국 기간제 교사가 담임을 맡게 되었고, 교감의 말대로 A는 휴직 연장 신청을 했으며, 다행히도 담임이 바뀌는 불상사는 일어나지 않았다.

하지만 이게 정말 다행한 일인가. 교감이 기간제 교사에게 담임 업무를 지시하며 은밀히 건넸을 제안을 머릿속으로 그려본다. "담임 경력은 많을수록 좋잖아요. 휴직은 연장될 거요. 일년 채웁시다." 하지만 그건 어디까지나 예견이지 확언할 수 있는 사항이 아니다. 그나마 구두 계약도 못 되는, '구두 기약'일 뿐. 기간제 교사는 어느 것도 장담할 수 없는 상황에서 담임 업무를 수행하고 아이들과 관계를 형성해 나갔을 것이다. 일 년도 결코 긴 시간이 아닌데 한 학기만 볼지도 모르는 아이들에게 얼마큼의 관심과 애정을 쏟을 수 있을 것인가. 정교사의 권리 이행과 학교 인사 처리 과정에서 직간접적 피해를 받은 이는 기간제 교사와 아이들이었다.

기간제 교사는 학교 고용시장에서 을의 입장일 수밖에 없다. 계약 종료 시점이 다가오면 근무 평정을 받고, 그 결과는 재계약 여부를 결정하는 중요한 잣대가 된다. 복직이나 감원 등으로 재계약 자체가 불가능한 경우 학교를 옮겨야 하는데, 현 근무지에서의 평판은 암암리에 전해진다, 어떤 식으로든. 세상은 좁고 교직 사회는 더 좁으니까. 사정이 이렇다 보니 사실상 기간제 교사에게는 업무 선택권이나 조정권이 없다. 과중한 업무나 부당한 처우에 대해서 자기 목소리를 내기도 어렵다. 십 년 넘게 학교에서 근무했지만, 동료 교사에게 하소연이나 넋두리를 하는 대신 관리자에게 직접 건의하고 요구하는 기간제 교사는 거의 보지 못했다.

지난해 우리 학교에 수업 시간 종종 자습을 주고 업무를 처리하곤 했던 기간제 교사가 있었다. 담임을 맡고 있었고 골치 아픈 일이 많은 부서의 기획 자리였다. 통상 그 두 가지를 한 사람이 수행하는 경우는 드물었다. 진도와 시험 문제로 같은 학년 선생님이 상당히 애를 먹었으므로 그를 두고 뒷말이 많았다. 아이들의 수업 손실을 간과한 것은 분명 잘못이었으나, 한편으로는 이런 생각이 들었다. 본인이 흔쾌히 수락했다고는 하지만 그는 왜 그래야 했을까. 기간제 교사 한두 사람을 뽑는 데 지원 서류가 수십 장씩 쌓이는 판국에, 무엇보다 업무 경력이 중요하기 때문 아닐까. 고르지 못한 업무 분장으로 인해 그가 혼자서 처리해야만 했던 일들이 실은 누구의 몫이어야 했는가. 비난의 화살은 정작 어디로 향해야 옳은가.

정규직 안착을 위해 죽자고 공부해서 운 좋게 한자리를 꿰찬 후, 내가 마주한 것은 교직 사회의 민낯이었다. 떠넘기고 배제하고 차별하는 일이 비일비재한 이곳에서 나는 어정쩡하게 서 있다. 교원양성체제나 비정규직 문제를 개탄하면서도 당장 내 일 아니라고 무심히 넘겼던 순간이 숱하다. 부끄러움에 무뎌져서 그러려니 하기 전에 무슨 말이든 계속 쏟아 내야지. 지금 내가 사는 이 세계에 대해서. 밖에서는 볼 수 없는 이 바닥 속사정에 대해서. 그러다 보면 좀 더 떳떳해져 있으려나.

증발하는
선생님들

　"선생님, 저 어떡해요." 근처 중학교에서 한 학기 기간제를 하고 있던 P에게서 연락이 왔다. P는 8년 전 내가 담임을 맡았던 반의 학생이었는데, 두 번의 임용 시험 낙방 후 육아 휴직 대체 인력으로 한 남자 중학교에서 국어를 가르치고 있었다. 사건을 요약하자면, 스승의 날 편지 쓰기 행사에서 P에게 편지를 쓰고 있던 학생들에게 동료 교사 하나가 이렇게 말했단다. "어쩌니, P 선생님은 2학기 때 학교에 없을 텐데." 애들도 눈치가 빨라 무슨 말인지 냉큼 알아들었던 거다. 남중에 앳되고 열의 넘치는 여교사라니, 아이들이 얼마나 좋아했을지 안 봐도 알 만하다. 지순한 마음을 담아 한 자 한 자 꾹꾹 눌러쓰던 중에 청천벽력 같은 소식을 들었으니 그 충격이 오죽했으랴. 유난히 P를 따르던 한 학생은 그 자리에서 눈물까지 쏟았단다. 소문은 일파만파로 퍼졌고 몇몇 맹랑한 애들은 교무실에까지 찾아와서 묻기 시작했다. "선생님, 기간제였어요? 진짜 1학기 때만 근무하는 거예요?" P는 너무 당황한 나머지 그게 무슨 소리냐, 아니다, 너희 졸업할 때까지 있을 거니까 걱정하지 마라, 이렇게 둘러대고는 겨우 애들을 돌려보냈다. 돌아서서 가던 녀석 하나가 다시 와서 하는 말이 "선생님도 갑자기 증발하면 안 돼요. 알았죠?" 세상에, '증발'이라니. 순화라고는 없는 날것 그대로의 표현에 내가 다 휘청할 지경이었다.

도대체 왜 그러는 걸까. 그런 말을 하는 인간은 꼭 정해져 있다. 아닌 게 아니라 그 교사, 전에도 비슷한 일로 분란을 일으켰단다. 웬 오지랖이란 말인가. 아이들의 관심과 사랑이 P에게 몰리자 질투라도 느낀 건가. 어차피 곧 갈 사람이니 괜히 깊은 정주지 말라고 충고라도 하려 했나. 남의 신상을 동의도 없이 제삼자에게 퍼뜨리는 무례라니.

본인이 정규직인 것에 어지간히 자부심을 느끼나 보다 싶었다. '너희가 그렇게 좋아해도 P는 뜨내기일 뿐이야. 그 사람은 정교사가 아니거든.' 이런 심보가 아니라면 그런 상습적인 무례의 저의를 어떻게 설명할 수 있단 말인가. P가 기간제라는 사실을 알면 P를 대하는 아이들의 시선이 뭐가 달라도 달라질 거라고 은근히 기대했을지도 모른다. 내가 너무 곡해하나 싶다가도 P의 입장을 생각하니 화가 치밀었다.

"기간제라고 말도 안 듣고 더 만만하게 보면 어떡하죠? 그게 제일 무서워요. 가뜩이나 초짜라고 만만하게 볼까 봐 부러 센

척도 하고 곁도 주지 않았는데…. 이제야 좀 잡히는 느낌이었는데…."

P의 하소연을 듣자니 발령 첫해의 내 모습이 떠올랐다. 왜 그렇게 아이들을 휘어잡으려 안달을 부렸는지 모르겠지만, 어쨌든 만만한 교사가 되는 건 죽기보다 싫었다. 누가 봐도 초짜인 티 팍팍 내면서 몸에 맞지도 않는 무서운 교사, 근엄한 교사 코스프레를 하던 나를, 애들은 짐짓 가소롭게 여겼는지도 모른다. 쯧쯧, 저 선생 되게 애쓰는구먼. "애들은 초장에 잡아야 해. 그래야 1년이 편해."와 같은 선배 교사의 말을 조언이랍시고 가슴에 새기고 다니던 시절, 스스로 강해지지 않으면 애들한테 잡아먹힐지도 모른다는 망상에 온몸이 잔뜩 경직돼 살았다. 퇴근 후에야 비로소 긴장이 풀려 삭신이 쑤시던 나날들.

그래도 난 든든한 소속감과 장기전을 기약하는 안정감 속에서 교직에의 첫발을 디딜 수 있었다. 그건 대단한 위안이었다. 하지만 고용 불안이라는 전제 조건 위에서 동료에게서도 동류의식을 느끼지 못하고 아이들에게마저 무시당할지 모른다는 두려움은 내가 겪은 불안의 갑절로 P를 힘들게 할 터였다. P에게 무슨 말을 어떻게 해 줘야 할까. 스승으로서, 동료 교사로서.

"그래, 그 마음 누구보다 이해해. 그런데 이왕지사 일은 벌어졌고 거짓말로 무마하는 게 맞을까. 어쨌든 넌 2학기 때 그 학교에 없을 텐데 말이야. 애들이 배신감이라도 느끼면 어쩌지. 걱정하지 말라고, 졸업할 때까지 있겠다고 약속까지 했는데. 개학해서 왔더니 너 대신 다른 선생님이 들어오시면, 애들 말마따나 네가 가타부타 말도 없이 증발해 버리면 애들은 또 한 번 상처받지 않을까.

사실대로 말하는 게 어떻겠니. 임용 시험을 준비하던 중에 실무 경험을 쌓고자 일하게 된 거라고. 내게는 너희들이 첫 제자인 셈이고 그만큼 많은 애정과 열의를 가지고 이 시간을 보내고 있다고. 기간제 교사라는 사실이 숨길 일이라고 생각하지 않는다, 더 좋은 교사가 되기 위해 성장하는 과정이다, 노동의 대가로 임금을 받는 노동자의 한 사람으로서 떳떳하지 못할 이유는 없다, 이런 식으로 말이야. 너희들이 고용 형태의 차이를 기준으로 교사를 다르게 대할 학생들이라고 생각하지 않는다, 남은 기간이 얼마든 서로 각자의 위치에서 최선을 다해 보자, 우리의 인연에 부끄럽지 않도록. 뭐, 이렇게 얘기해 보면 안 될까."

전화를 끊고서도 한참을 생각했다. 내가 너무 이상적인 이야기만 잔뜩 늘어놓았나. 중학생에게 그 말들이 곡해 없이 잘 전달될까. 도리어 P가 더 상처받는 일이 생기진 않을까. 십 년이 넘는 경력과 정교사라는 위치 때문에 할 수 있는 조언은 아니었나. 내가 P였다면 그렇게 구구절절 사실대로 말할 수 있었을까.

현행 운영 구조상 기간제 교사가 없으면 학교는 제대로 돌아가지 않을 것이다. 일부 사립 학교는 교사 정원의 반 가까이가 기간제 교사인 경우도 있다. 각종 휴직과 미발령을 포함한 일시적 채용 공백을 메우는 이들이 바로 그들이다. 정교사와 기간제 교사를 구분하는 기준은 뭔가. 딱 하나다. 바로 임용 시험의 합격 여부. 사립 학교의 경우에도 교원 신규 채용 시 1차 시험을 의무화, 교육청에 위탁해서 선발하게 됐으므로 연 1회의 임용 시험이 교사로서의 평생 지위와 복지를 보장하는 수단인 셈이다.

언론인 출신의 작가 박권일의 『한국의 능력주의』에는 이런 구절이 나온다.

"과연 공정이란 무엇인가? 시험 보고 입직한 사람만 정규직의 지위를 누리고, 아무리 열심히 일하고 그 일에 숙달됐어도 시험을 보지 않았다는 이유로 저임금과 고용 불안에 시달리는 것이 공정한가? 특정 시험 합격자에게만 정규직 신분을 부여하는 것은 임의적 규칙일 뿐이다. 더구나 그 규칙은 불공정하고 부정의하다. 업무에 대한 실제 기여가 아닌 입직 당시의 시험 성적에 따라 급여나 복지 등에서 특권을 부여하는 것은 지대 추구, 즉 생산적 기여 없이 소유권만으로 이익을 취하는 행위와 다름없다."

시험 공화국인 이 나라에서 교직 사회도 예외가 아니다. 기간제 교사들은 그동안 임금과 복지 등에서 많은 차별을 받아 왔다. 정기 호봉 승급과 정근수당 제한과 관련해서 이를 차별로 인정하고 시정하라는 법원의 판결(2022.05.)이 있었으나 맞춤형 복지와 성과상여금 차별 등은 현존한다. 하는 일이 정교사와 본질적으로 동일하고 능력과 자질에도 차이가 없지만, 아니 더 뛰어난 교사도 많지만 '입직의 경로가 다름'을 능가할 기준이 없는 것이다. 그러니 '어디, 내가 시험 합격만 해 봐라.'라는 생각을 품는 게 지극히 통상적일 수밖에. P가 말했다. "더 열심히 공부해서 임용 꼭 합격할래요."

학교와의 계약 기간이 종료된 후 P를 만났다. P는 결국 아이들에게 아무 말도 하지 못했다. 얼결에 뱉은 거짓말도 수습하지 못했다. 내가 P였어도, 못 했을 것이다. 자기 때문에 P가 난감했었다는 걸 다른 부장으로부터 전해 들은 그 동료 교사는 오히려 P에게 언짢은 기색을 내비쳤다고 한다. 왜 자기에게 바로 얘기하지 않고 다른 사람을 통해 말을 옮기냐는 거였다. 묻고 싶다. 자기라면 그렇게 할 수 있었겠는지, 함부로 말을 옮긴 건 정작 누구인지. 그래도 P는 해사한 얼굴로 말했다. "좋으신 분이 더 많았어요. 첫 경험을 세게 한 거죠, 뭐." 어른스럽지 못한 동료 교사로 인해 교직에 대한 인식만 굳어진 건 아닐까 염려스럽던 차였다.

여름 방학식 날, P를 유난히 따르던 한 아이가 퇴근길까지 졸졸 따라나서는 통에 조심스럽게 사실을 알렸단다. 이제 더 이상 학교에서 P를 보지 못한다는 사실에 그 애는 또 울고 말았다. 이

절절한 흠모의 정을 어쩌면 좋단 말인가. 매사에 의욕이 없고 수업 태도도 불량한 애였다는데 P 덕분에 학교생활과 학업에 재미를 붙인 모양이었다. 아이를 겨우 다독여 돌려보내고 P는 무거운 발걸음으로 학교를 나섰다. 미처 다른 아이들에게는 마지막 인사를 하지 못한 게 내내 마음에 걸렸다. 물론 아이들은 실망할 것이다. 아니라고 했지만 P 선생님도 역시 증발해 버렸다고, 마지막 인사도 없이 떠났다고. 하지만 지금껏 그래왔듯이 아이들은 현실을 받아들일 것이고, P는 기억 속의 선생님이 될 것이다. 이런 경험이 반복되는 동안 아이들은 무엇을 느끼고 무엇을 배울까. 역시 정규직이 답이라고, 시험에 붙으면 장땡이라고, 그게 현실이라고. 냉혹한 현실 논리에의 재바른 순응 같은 것, 뭐 그런 건 아닐는지.

교직의 꽃은
담임이라고요?

십 년이 넘는 교직 경력에 비담임은 딱 세 번이었다. 발령 동기 중에 쉼 없이 담임을 맡아 온 친구도 있으니 이만하면 양호한 성적이다. 신규 발령을 받은 첫해, 임신한 해, 그리고 최근에 한 번. 최근에는 업무 강도가 높아 가까스로 담임 후보에서 빠진 것이었다. 담임이 기본값이라면 비담임은 어쩌다 한 번 찾아오는 이벤트 같은 것.

저경력 교사가 비담임이 될 확률은 지극히 낮다. 담임 후보 1순위가 저경력 교사이기 때문이다. 지금 근무 중인 학교에는 불문율 비슷한 인사 규정이 있는데, 담임 3년이면 한 해는 담임을 면제해 준다는 것. 일하는 사람만 계속 일하는 불상사를 막기 위함일까, 3년 정도는 담임을 하라는 무언의 압박일까. 물론 자발적으로 4년 내내 담임을 맡겠다면 학교로선 완전 땡큐다. 어쨌든 그런 룰이라도 있으니 저경력 교사도 한 해 정도는 쉬어 간다. 물론 담임에 버금가는 중책을 맡는 게 예사지만.

우리 학교의 경우 3개 학년 각 8학급, 총 24학급이니 매년 담임이 24명 필요한 셈인데, 그 수는 전체 교사의 절반 정도다. 수치상으로는 그리 빡빡할 리가 없는데 왜 매년 담임 모시기에 어려움을 겪는 걸까. 학년 부장을 제외한 여타 부장들, 정년이 얼마 남지 않은 원로 교사들, 업무량이 많거나 보건·영양 교사처럼 업무 특성상 담임과의 병행이 어려운 교사들, 그밖에 일신상의 이유로 담임을 고사하는 교사들까지. 이래저래 제외하고 나면 매년 업무 분장 시기마다 담임 구인난이 시작되는 것이다.

담임을 자원하는 교사는 필요 인원보다 턱없이 부족하고, 학년 부장이나 교감이 삼고초려를 해도 난색을 보이는 교사들이 많다. 그러다 보니 기간제 교사에게 담임을 떠넘기는 일이 예사로 일어난다. 정교사만으로는 담임 자리가 채워지지 않으니 기간제 교사에게 담임을 부탁하게 되고, 기간제 교사는 근무 실적이나 재계약 여부 등을 고려해 이를 거절하기가 힘든 실정이다.

교사들이 담임을 기피하는 이유는 뭘까. 무엇보다 담임 교사는 담당 학급 학생들을 지도·관리하는 역할을 맡기 때문에 학생들과 부딪힐 일이 많을 수밖에 없다. 조·종례부터 청소 및 자습 지도에 이르기까지 수시로 교실을 들락날락해야 하고, 쉬는 시간, 점심시간 할 것 없이 찾아오는 아이들 때문에 온종일 귀가 왕왕거릴 지경이다. 매월 출결 관리, 각종 정보 공지 및 자료 취합 등 추가 업무도 엄청난 데다, 학교 폭력 사건이라도 발생하면 1차 책임자가 되므로 예방에 만전을 기해야 한다. 담당 학급에 대한 여타 교과 선생님들의 평가나 학부모 민원으로 인한 스트레스도 만만찮다. 특히 고등학교의 경우 대학 입시 관련 업무까지 가중되면서 부담이 더욱 크다. 수시 전형 대비 학생부 기록업무에 심혈을 기울이다 보니 학기 말마다 작문 스트레스에 시달리고, 야간자율학습 감독도 으레 담임의 몫이라서 비담임보다 평균적으로 퇴근도 늦다. 그 와중에 담임 수당은 십만 원대. 하는 일에 비하면 많은 돈이라 할 수 없다.

담임 기피 현상을 해결하고자 일부 학교에서는 담임 여부를 기준으로 업무를 분배하기도 한다. 담임에게는 학급 관리 외 행정적인 업무는 일절 부여하지 않는 것. 이 경우 학교 운영 제반 업무는 비담임 교사들의 몫이 된다. 그 밖에 담임 경력을 점수화하여 승진이나 전보 시에 가산점으로 반영하거나, 성과급 산정 때 담임 여부를 주요 항목으로 설정해 차별을 두기도 한다. 지역 교육청마다 약간의 차이는 있으나 담임 구인난을 해결하고자 여러 유인책을 활용하고 있는 건 매한가지. 하지만 이런저런 보상 전략에도 담임 모시기는 매년 난제로 떠오르고, 연말연시마다 벌어지는 치열한 눈치싸움에 서로 얼굴을 붉히는 경우도 더러 있다. 편파적인 업무 분장, 낮은 수당 등 운영 구조상의 문제에다 교권 침해 사례 증가로 인한 사기 저하, 거기에 교사 개개인의 마음가짐이나 파편화된 학교 문화까지 더해져 담임 기피 현상은 교직 사회의 고질병이 되어 버렸다.

최근에 경험한 비담임의 한 해를 떠올려 본다. 발령 첫해와 임신한 해는 내 삶이 고단하여 비담임의 여유를 제대로 만끽하지 못했다면, 이번에는 좀 달랐다. 출근할 때 콧노래가 나온다면 말 다한 거 아닌가. 업무 강도가 높다 해도 아이들과 부딪힐 일이 적어 생활 지도의 부담이 덜했고, 수업에만 충실하면 되니 수업의 질은 자연스레 높아졌다. 한마디로 직업 만족도가 급상승했다. 아, 이래서 다들 비담임, 비담임 하시는군요.

담임이 아니어서 아쉬운 것을 굳이 찾으라면 소속감이 없는 것 정도. 통상 같은 학년 담임들끼리 끈끈한 유대가 형성되는데, 비담임일 때는 왠지 깍두기가 된 기분이었다. 체육 대회나 현장 체험 학습, 축제처럼 반별 단합이 필요한 여러 행사에서 뒷짐 지고 서 있자니 살짝 뻘쭘하기도 했다. 특히 체육대회 때 아이들과 함께 반 티를 맞춰 입지 않고 개인 트레이닝복을 입고서 심판 역할을 하는 것부터가 생소했다. "우리 반 이겨라!" 대신 "아무나 이겨라!"라는 이 어정쩡함이라니.

게다가 웬일인지 아이들 이름도 잘 안 외워졌다. 내 새끼라는 느낌이 없었다. 적당히 사랑하고 적당히 거리를 두었으므로 모든 게 미지근했다. 서로의 실체를 확인할 기회가 적다 보니 오해하는 부분도 미화되는 부분도 많았다. 담임이 '노필터 무보정'

이라면, 비담임은 그 반대쯤 되려나. 지지고 볶는 중에 가랑비에 옷 젖듯 스며드는 미운 정이 없다는 건, 나를 홀가분하게도 서운 하게도 했다.

그렇다고 해서 빠질 수 있다는데 굳이 담임을 맡겠노라고 용 쓸 생각은 없다. 담임이기에 얻는 보람을 최고의 가치로 두기에 는 학급 관리에서 오는 스트레스가 어마어마하니까. 없는 리더 십을 근근이 짜내어 학급을 경영하다 보면 내가 과연 교직에 적 합한 사람인가 하는 의구심마저 들 때가 있다. 욕심이라도 버리 면 그나마 수월할 텐데 좋은 담임이 되고 싶은 마음에 이리저리 날고뛰다가 제풀에 지치기 일쑤. 담임 자리가 주는 중압감은 어 째 해를 거듭할수록 더 강해지는 느낌이다. 간혹 담임이 체질인 듯 보이는 동료 교사를 만날 때면 진심으로 존경심이 솟구친다.

피하지 못했을 땐 그저 최선을 다할 뿐이다. 담임이야말로 직 업적 양심이 필요한 자리니까. 아이들에게 담임 교사는 학교에서 의 보호자나 다름없다. 싫어도 교체 불가능, 일 나면 무조건 호 출, 무엇보다 애증으로 얽힌 특별한 인연이니까. 저희도 나를 콕 집어 담임으로 희망한 적 없고 나도 저희를 담당 학급 구성원으 로 가려 뽑은 게 아니니, 서로를 선택하지 못한다는 점에서도 부 모 자식 간과 유사하다. 싫든 좋든 아이들은 담임에게만 '우리 샘'이라는 호칭을 부여한다. '우리 반'이라는 울타리 안에서 담임으로 존재할 때야 비로소 아이들과 더 깊이깊이 엮인다. 담임의 숙명을 고충으로만 받아들이지 않으려면 이 질척한 엮임에 익숙해져야 한다.

'역시 교직의 꽃은 담임이야.'와 같은 미화된 결론을 거부한다. '담임이 싫으면 학교를 그만둬야지.'라는 생각으로 나 자신을 다독일 뿐. 교사로서 아이들과 지척에서 소통하는 게 고역이라면 어떻게 이 바닥을 견딜 것인가. 매일의 스트레스를 간혹 찾아오는 보람으로 야금야금 상쇄해 가면서 기꺼이 담임의 삶을 살고 있다. 틈틈이 비담임의 기회를 엿보기도 하면서.

생기부가
도대체 뭐기에

"이지적이고 사리 판단이 올바르며 생각이 건실하고 다른 사람을 배려할 줄 앎."

내 고등학교 생활기록부(이하 '생기부') '행동특성 및 종합의견란'(이하 '행특')에 기재되어 있는 문구다. 담임 선생님이 보여준 수많은 예시문 중에서 내가 직접 선택한 것. 더도 말고 덜도 말고 딱 저대로 적혀 있다. 생기부의 위상(?)이 지금 같지 않았기에 가능한 일이었다. 양도 고작 6페이지 남짓. 그야말로 모든 서술이 간단명료 그 자체. 상투적이다 못해 식상한 단어들이 곳곳에 널려 있고 동어 반복에 비문, 띄어쓰기 오류까지 한 마디로 엉망이다. 3년 내내 학교생활에 충실히 임하고 학업 성적도 좋았던 것에 비하면 심히 섭섭한 기록들이었다. 물론 나만 그런 건 아니겠지만.

신규 발령 첫해에 생기부 업무를 맡았다. 담임 구인난 속에서 신규가 비담임인 건 흔치 않은 경우였지만, 생기부 작성 한 번 안 해 본 사람이 3개 학년 생기부 총괄 업무를 맡은 것도 역시나 드문 일이었다. 믿을 건 기재 요령 책자뿐. 밑줄까지 그어 가며 족히 10번은 넘게 반복해서 읽었다. 실무 경험 없이 글로만 배운 바를 가지고 교직원 대상 연수에다 관리·감독까지 해야 했으니 업무가 원활히 돌아갈 리 만무했다. 우여곡절 끝에 겨우 한 해를 넘긴 후, 그때의 경험을 발판 삼아 생기부 작성의 전문가가 되었냐 하면 천만의 말씀. 몇 년 뒤에도 같은 업무를 맡았지만 유경험자의 여유로움을 누리기는 힘들었다. 개정된 항목이 한둘이 아닌데다 유의 사항은 또 어찌나 많아졌는지. 한층 복잡해진 지침서를 뒤적이며 생기부의 중요성이 날로 커지고 있음을 실감했다.

담임의 핵심 업무 중 하나가 바로 생기부 작성인데, 대학 입시와 직결되는 고등학교 생기부의 경우 더욱 신경을 쓸 수밖에 없다. 수시 모집이 대입 전형의 약 60%를 차지하는 데다 그중에서도 학생부 종합전형(이하 '학종')은 생기부에 기재된 각종 사안을 종합적으로 평가하는 전형이다 보니 특히 더 공을 들여야 한다. 게다가 2022학년도부터 교사 추천서 폐지, 2024학년도부터 자기소개서 폐지 계획이 발표되면서 생기부 작성에 더욱 큰 무게가 실리게 됐다.

담임이 학년 말에 최종적으로 작성하는 행특은 해당 학생을 총체적으로 이해할 수 있도록 하는 일종의 추천서 역할을 한다.

구체적 사례를 포함한 개별화된 기록이 원칙이므로 내용을 풍성하게 하기 위해서는 틈틈이 개인별 특기 사항을 누가 기록해 두어야 하지만, 닥친 일만 처리하기에도 버거운 와중에 그게 어디 말처럼 쉬운 일이랴. 결국 학년 말에 발등에 불이 떨어져서야 작성을 시작하게 되고, 작업은 대개 겨울 방학까지 이어진다. 학종 지원 여부는 차치하고, 그 기록이 아이의 1년을 망라하는 총평이자 평생 남을 기록이라고 생각하면 수월하게 써지지가 않는다. 솔직함의 수위도 중대한 고민거리. '산만하고 해야 할 일을 미루는 경향이 있으며 학급 규칙을 잘 준수하지 않음.' 대신 '호기심이 많고 느긋한 편이며 틀에 갇히는 걸 싫어하는 자유분방한 성격.' 정도로 포장한다. 작문과 창작의 경계를 아슬아슬하게 오가며 연말연시를 맞이한다.

사실 작성 권한이 전적으로 담임에게만 있는 행특의 특성상 반별로 서술 내용이 천차만별일 수밖에 없다. 아이들이 '담임운'이 있네, 없네 하고 수군거리는 것도 이해는 된다. 십수 년 전과 별다른 바 없이 두루뭉술하고 추상적인 총평으로 성의 없이 마무리 짓는 담임도 있고. 날 것 그대로의 진실을 거리낌 없이 담아내는, 소위 '팩트 폭격'을 날리는 담임도 있기 때문이다. 꼭 그런 극단적인 경우가 아니어도 당장 지난해와 비교해서 올해 내용이 뭔가 부실해 보이면 아이들 입장에서는 불만이 생기기 일쑤. 관리자인 교장·교감도, 업무 담당자도 행특 작성에 심혈을 기울여 달라고 간곡하게 권고만 할 뿐 강제로 이래라저래라 할 권한은 없다. 담임 교사의 자유의지가 반별 행특의 퀄리티를 결정하는 것이다.

행특이 담임 교사의 총평이라면 '과목별 세부 능력 및 특기사항'(이하 '과목 세특')은 과목별 담당 교사의 총평인 셈인데, 그것도 상황은 마찬가지. 담당 교사의 재량에 따라 기록의 수준이 다양하다. 몇 년 전만 해도 성적이 뛰어나거나 특기할 만한 사항이 있는 학생들 위주로 작성했으나 지금은 그 대상이 수강 학생 전원으로 확대되었다. 진도 나가기도 빠듯한데 수업 중 개개인의 활동과 능력을 파악해 두었다가 저마다 다른 내용으로 특기 사항을 기록하는 건 사실상 불가능하다. 그래서 역으로 아이들에게서 기록의 '소스'를 받기도 하고, 공통 서술 부분에 개별화된 내용을 삽입하여 문장을 완성하는 엑셀 입력 양식까지 동원하는 등 다양한 대처법이 활용되고 있다. 그러니 요즘은 과목 세특만 모아도 여러 페이지가 넘는 수준.

하지만 수도권 지역의 학교나 특목고 아이들의 생기부에 비하면 지방 일반계고 학생들의 생기부는 여전히 빈약한 수준이다. 일전에 특목고에서 전학 온 아이의 생기부를 확인하고 적잖이 놀란 적이 있었다. '레벨이 다르다는 게 이런 거구나.' 싶었다. 모든 과목의 세특이 최대 분량으로 꽉꽉 채워져 있는 데다 개별화 수준도 상당했다. 생기부 작성에 있어 지역별, 학교별, 교사별 편차는 생각보다 심각하다. 관리자와 담당자의 역량, 교사 개개인의 협조와 의지가 뒷받침되어야 비로소 매력적인 생기부가 만들어진다. '만들어진다'는 점에서 비단 생기부는 응당한 결과물이라기보다는 설계-수행-포장의 과정을 거친 하나의 '작품'에 가깝다.

입시 성공을 위한 매력적인 생기부는 어떻게 만들어지나. 무엇보다 희망하는 대학이나 학과에 자신의 전공 적합성과 잠재 가능성을 효과적으로 어필할 수 있어야 한다. 앞서 말한 행특이나 과목 세특 외에도 독서 활동 상황, 동아리를 포함한 창의적 체험 활동 경력, 수상 내역 등이 모두 한데 어우러져 고교 생활 3년 동안의 노력, 변화, 성장의 스토리가 잘 드러나야 한다[*]. 그러려면 생기부에 기재된 각종 사안이 희망하는 진로를 향해 잘 수렴되어야 하는데, 상황이 이렇다 보니 생기부 작성도, 학교생활도 점점 의도적으로 바뀌어 간다. 1학년 때부터 진로와 입시 콘셉트를 설정하고 그것에 맞게 전체적인 교내 활동을 계획적으로 수행해 나간 학생과 그렇지 않은 학생은 대입 경쟁력에서 여러모로 차이가 날 수밖에 없다. 하지만 1학년 때부터 진로를 명확히 설정하여 계획대로 착착 교내 활동을 실천해 나간다는 게 어디 쉬운 일인가. 실제로 이런 아이를 만난 적이 있었는데, 3년 플랜

---

[*] 교육부에서 발표한 '평가제도 공정성 강화 방안'(2019.11.)에 따라 2024학년도부터는 독서활동상황과 수상 내역을 대입 자료로 활용하지 않는다.

을 줄줄 읊는 것을 보고 절로 이런 생각이 들었다. '너는 계획이 다 있구나!' 하지만 1학년 동아리 편성에서부터 계획이 어그러지자 학부모까지 학교를 찾아와서 실랑이를 벌였다. 고교 생활이 진로 탐색의 장은커녕 대입 레이스의 수단으로 전락한 것 같아 씁쓸한 마음을 감출 수 없었다.

'선 노력 후 기록'이 아니라 '기록을 위한 노력'이 일상화되면서 아이들은 이제 이것부터 묻는다. "그거 하면 생기부에 적어 주나요?" 안 그래도 바쁜 와중에 보상 없는 활동까지 해낼 체력도 여유도 없는 것이다. 학교 측에서도 아이들 생기부에 기재할 만한 항목을 만들어주기 위해 부러 행사를 열고, 교사들도 생기부 기록을 미끼 삼아 아이들을 구슬리는 판에 어찌 아이들만 탓하랴.

그러니 학년 초 학생 상담 주간이면 아이들 생기부부터 먼저 출력해 본다. 그동안의 성적 추이와 각종 비교과 활동을 확인하고, 추가로 필요한 활동이나 주력해서 학습해야 할 과목 등에 관해 조언해주기 위해서다. 그럴 때마다 간혹 드는 생각. 나는 교사인가, 대학 진학 컨설턴트인가. 물론 사설 진학 컨설팅 업체에 비하면 전문성은 떨어지겠지만. 발 빠른 학부모들이야 알아서 자식 챙기기에 나서지만, 모두가 그런 부모를 둔 건 아니니 그게 문제다. 대입에 관한 한 여전히 학교와 교사에게 전적으로 의존할 수밖에 없는 아이들이 훨씬 더 많으니까. 내키지는 않아도, 종종 회의감이 들어도 진학 상담에 공을 들이지 않을 수 없는 이유다.

몇 년 전 3학년 담임을 하던 해에 학년 부장 선생님이 반농 담으로 했던 말이 있다. "아무쪼록 올 한 해 애들 잘 팔아치웁시다!" 언뜻 듣기엔 너무하다 싶어도 현실을 관통하는 뼈있는 말이라는 생각이 들었다. 실로 우리가 하는 일이 아이들을 매력적인 상품으로 만들기 위함일지도 모르니까. 아이들의 대입 경쟁력을 높이기 위해 잘 짜인 각본을 마련하는, 진학 스토리텔링 조력자로서 기능하고 있다는 느낌이 왕왕 들었으니까. 아이들을 진심으로 위하던 선배 교사의 말이라 더욱 서글펐다. 아이들을 대학에 잘 보내는 것만이 우리의 소임은 분명 아닐진대, 자꾸만 시대가 그런 걸 요구하니 뜬구름처럼 이상만을 찾을 수도 없는 노릇이다.

이런저런 생각을 뒤로 하고 일단 닥친 일에 최선을 다해보기로 한다. 꼭 대학을 잘 보내기 위함만은 아니라고, 그저 우리의 인연에 대한 예의라고 생각하자고. 행특이든 과목 세특이든 작문과 창작의 경계를 오가는 동안 아이들이 하나씩 눈앞에 나났다 사라진다. 한 아이에게 그렇게 오롯이 집중할 수 있는 시간도 잘 없다. 딱히 나의 문장들이 쓰일 데가 없다 해도, 영원히 다시 들춰 볼 일 없다 해도, 내가 해야 할 일이니까 할 수 있는 최선을 다할 뿐. 덕분에 연말연시면 머릿속에서 아이들이 그야말로

와글와글 법석이다.

스승의 날이
불편합니다

스승의 날이 주말에 끼어 있다면 모를까, 주중에 떡하니 자리하고 있는 해에는 통상 당일에 체육 대회를 연다. 5월 중순이면 중간고사가 마무리된 시기인데다 날 좋은 봄날이라 체육 대회 열기에는 그만이다. 몇 년 전에는 개회식 때 카네이션 달아 주기 행사 같은 걸 하기도 했지만, 요즘은 그마저도 생략하는 추세. 반마다 돌림 노래처럼 울려 퍼지는 '스승의 은혜'가 스승의 날임을 알게 한다. 보통 대회 당일에는 종목별 결승이나 반 대항 경기 정도만 하는지라 평소보다 하교 시간도 이른 편. 아이들 입장에서는 수업도 하지 않고 일찍 마치기까지 하니 최고의 일정인 셈이다. 교사들도 그편이 덜 부담스럽다. 그날의 핵심은 스승의 날이 아니라 체육 대회가 될 테니까.

더러는 애초에 스승의 날을 학교장 재량 휴업일로 정하는 경우도 있다. 물론 학교 측에서 스승의 날을 부담으로 여기기 때문이란 걸 모르지 않는다. 위법 부담으로 괜히 날을 세울 바에야 피해 가겠다는 계획인데, 한편으로는 그게 더 속 편하겠다 싶으면서도 마음 전할 통로마저 애써 차단하는 것 같아 어쩐지 서글 프기도 하다. 물론 꼭 스승의 날이 아니어도 마음은 얼마든지 전 할 수 있고 기념일이라는 형식에 얽매일 필요는 없지만, 지레 방 어벽을 치는 게 느껴질 땐 씁쓸한 마음이 든다.

내가 초등학생일 때 스승의 날은 어떤 모습이었나. 단편적으 로 떠오르는 풍경 하나. 반 아이들이 —실제로는 엄마들이— 담 임 선생님께 드리는 선물이 선생님 책상 위에 가득 쌓여 있었다. 각양각색의 포장지로 꾸며진 크고 작은 선물 더미에 나도 하나 를 보태며 생각했다. '이 안에는 다 뭐가 들었을까. 선생님들은 진짜 좋겠다.' 선생님 얼굴에 떠오르는 만족스러운 미소를 보면 서 나도 한몫했다는 생각에 남몰래 안심하곤 했다. 지금에서야 드는 생각. 아무것도 올려놓지 못한 아이들은 그 선물 더미 앞에 서 어떤 기분이었을까. 선생님들은 선물의 발신자를 일일이 확인 하고 또 기억했을까. 엄마들은 무슨 마음으로 매년 선물을 준비 했을까. 안 주면 밉보일라, 뭐 이런 마음도 분명히 있었겠지. 그 시절엔 하나도 이상할 것 없던 풍경이었다.

교사가 된 후 처음으로 담임을 맡던 해의 스승의 날도 떠오 른다. 그때만 해도 김영란법이 시행되기 전이어서 아이들이 천 원, 이천 원씩 돈을 모아 마련한 선물이나 꽃다발, 케이크 정도는 마다치 않고 받던 때였다. 교무실 문 앞에서부터 교실까지 장미

꽃 한 송이씩을 든 채 일렬로 서 있던 우리 반 아이들. 아이들이 건네는 꽃을 한 송이씩 받아 가며 들어선 교실에는 색색의 풍선과 케이크, 정성 가득한 손 편지와 작은 선물까지 준비되어 있었다. 이만하면 거의 프러포즈 급 아닌가. 그날 아침 은근한 기대 속에 출근했던 나, 뭇 선생님들의 부러움 섞인 시선에 절로 어깨에 힘이 들어갔던 나, 아이들이 겪었을 수고로움은 미처 헤아리지 못하고 마냥 뿌듯함에 젖어 있던 내가 참으로 철없게 느껴진다. 준비 과정에서 서로 마음 상하는 일도 필시 있었을 텐데. 몇 날 며칠을 이리 뛰고 저리 뛰고 하느라 여간 피곤한 게 아니었을 텐데. 굳이 그렇게 하지 않아도 진심은 충분히 전달된다는 걸 왜 미리 말해 주지 못했을까. 나만 좋았던 게 아니었기를 이제야 빌어 볼 뿐.

'오가는 정'이나 '성의'라는 말로 포장된 잘못된 관행들이 자취를 감춘 것은 두 팔 벌려 환영할 일이지만, 몇몇 선배 교사들이 격세지감을 토로하며 "갈수록 선생 해 먹기 힘들어진다."는 유의 말을 할 때면 마음이 복잡해진다. 단지 예전만큼 대우받지 못해 아쉽다는 의미는 결코 아니니까. 진짜로 달라진 건 단순히 스승의 날 행사나 선물 여부가 아니다. 과도한 입시 경쟁, 공교육에 대한 불신, 사교육 의존도 증가와 같은 시대적 추세 속에서 학생·학부모와 교사의 관계, 교사의 역할과 권위 등 교육 현장 분위기

자체가 크게 달라졌다. 깊어가는 사회적 불신을 체감하면서도 공교육에 대한 요구와 기대에 부응하기 위해 성실히 복무해야 할 때 '긴 존재'로서 느끼는 피로감은 예와 비교하기 힘들 정도. 그러니 저런 말을 들을 때면 절로 고개가 끄덕여진다.

그래도 스승의 날이랍시고 아이들이 '스승의 은혜'를 목청껏 불러 주거나 칠판 가득 '감사해요', '사랑해요' 따위의 말들을 적어 놓거나 간혹 손 편지 한 장이라도 수줍게 건넬 때면 이 맛에 교사하지 싶다. 다정하고 살가운 아이들 덕에 한순간 마음이 환해지는 순간과는 별개로, 스승의 날 무용론을 거론하며 자조 섞인 넋두리를 늘어놓는 순간도 있다. 요즘 시대에 '스승'이 어디에 있냐며 명칭부터 바꾸자거나 학년이 마무리되는 2월로 스승의 날을 옮기자거나 '스승의 날' 대신 '교육의 날'을 지정해 교육의 발전을 위한 공적 토론을 벌이자는 등의 의견을 접할 때면 일면 고개가 끄덕여지기도 한다. 스승의 날을 둘러싼 논란은 결국 이 시대 교육의 문제와 연결되어 있다. 교육 현실에 대한 각처의 목소리가 스승의 날을 도화선 삼아 터져 나오는 꼴이랄까. 현장에 몸담은 사람으로서 어떤 의견이든 귀담아듣는 게 마땅한 일일 것이나, 때론 화제의 중심에 서는 것 자체가 고단하게 느껴진다. 가타부타 입댈 것 없이 그냥 폐지하는 게 낫겠다 싶을 때도 있다. 스승의 날을 맞이하는 나의 솔직한 심정을 한마디로 표현하자면? '동네북이 된 것 같은 불편함' 정도가 되려나.

제 수업
보러 오실래요?

교실마다 한창 수업이 진행 중인데 복도를 지나가야 할 때가 있다. 애써 보지 않아도 각 교실의 분위기가 자연스레 느껴진다. 아이들이 와하하 웃고 있는 교실을 지나칠 때면 무슨 일이 있었을까 궁금해지고, 무기력한 기운이 압도하는 교실 근처에서는 덩달아 힘이 빠진다. 다른 선생님들의 수업 진행 방식도 배울 겸 잠깐이라도 들여다보고 싶지만, 실례가 되리라는 생각에 걸음을 재촉한다.

다른 교사의 수업을 참관하는 건 쉬운 일이 아니다. 그나마 명분이 있어야 가능한 일. 예전에는 매년 교과별 대표 1명을 선정해서 교장·교감 및 동료 교사들을 대상으로 수업을 공개하도록 했지만, 소수에게만 부담이 가중된다는 이유로 요즘은 생략하는 추세다. 그나마 저경력 교사가 총대를 메야 하는 분위기 속에서 선배 교사들의 수업은 몇 번 보지도 못했다. 그 대신 전 교사가 수업을 공개하도록 하는 '수업 공개의 날'을 별도로 지정하여 운영하고 있지만, 공식적으로는 그 대상이 학부모들이고 시간도 오전 중 몇 시간으로 제한되어 있어 본인 수업하기에도 빠듯한 실정이다. 그러다 보니 같은 학교에서 근무하면서도 서로의 수업을 한 번도 보지 못하는 경우가 허다하다.

벽 하나씩을 사이에 두고 매일 수많은 수업이 동시에 진행되지만, 벽 너머의 일은 철저히 내 권한 밖이다. 남의 수업 시간 중에 일어나는 일은 모르는 척하는 게 상책이다. 괜히 기웃대다 월권으로 오해 사지 않으려면. 한 학교에서 동 학년 동 교과를 몇 년씩 맡아도 서로의 수업 방식에 대해서는 잘 모른다. 아이들을 통해 풍문으로 전해 들을 뿐. 1학년 8학급을 대상으로 공통과목인 '국어'를 수업한다고 했을 때, 수도권 지역에서는 1~4반은 A교사가, 5~8반은 B교사가 맡아 동시에 같은 내용을 가르치는 식이다 보니 서로 간 협의가 필수겠지만, 부산은 사정이 좀 다르다. 1~8반을 A, B 교사가 모두 들어가되 단원을 쪼개어 각기 다른 내용을 가르치는 식이어서 시험 문제도 각출하고 수행 평가도 따로 실시하는 경우가 많다. 적어도 내가 근무했던 학교에서는 그랬다. 협의 과정을 거친다고 해도 각개전투의 양상을 띠기 쉬운 구조다.

물론 다른 학교 교사의 수업을 참관하는 방법도 있다. 공문을 통해 전달된 수업 공개 계획서를 확인한 후 사전 신청을 거쳐 수업을 참관하게 되는데, 이런 경우는 공개도 참관도 으레 하던 사람이 한다. 유능하기로 소문난 몇몇 선생님들은 거의 매년 자의 반 타의 반으로 수업을 공개하고 있고, 바쁜 일과 중에 다른 학교까지 찾아가 수업을 참관하는 열정 또한 누구나 가지고 있는 건 아니다. 그나마 코로나 사태로 수업 공개도 온라인으로 하는 시대가 되었으나 하던 사람이 하는 건 별반 다르지 않다. 연수 이수로 인정된다고 해도 연간 연수 시간을 채울 방법은 얼마든지 있으니까.

시간과 마음을 내어 다른 교사의 수업을 참관하고 본인 수업 또한 기꺼이 공개하지 않는 이상 교사들은 그 어떤 직업보다 매너리즘에 빠지기 쉽다. 교직 경력이 길어질수록 자기만의 수업 스타일이 확고해지고 변화를 주기는 더욱 어려워진다. 교사 전문성에 대한 신뢰와 존중의 의미를 넘어 서로의 수업을 성역쯤으로 여기는 분위기가 교사 간 교류와 전문성 신장의 기회를 차단하고 있는 게 아닌가 하는 생각이 들었다.

가끔 이런 상상을 해 본다. 몇 주씩 준비해서 보기 좋게 기획된 1시간짜리 수업 말고, 교수·학습 과정안에 따라 정형화된 흐름을 그대로 좇아가는 모범적인 수업 말고, 지극히 일상적이고 평범한 수업, 적당히 소란스럽고 몇몇은 널브러져 있고 동기 부여 따위 없이 바로 학습 태세로 들어가거나 갑자기 삼천포로 빠지기도 하는, 그런 날것 그대로의 수업을 솔직하고 과감하게 나눌 수는 없을까. 그러면 수업 중 느끼는 고충에 대해 좀 더 허심

탄회하게 이야기를 나눌 수 있을 텐데. 실패한 수업, 아쉬움이 남는 수업일수록 나만 그런 게 아니라는 사실에 적잖이 위로가 될 텐데.

함께 교사 모임을 하는 선생님들끼리 비슷한 이야기를 나눈 적이 있었지만, 실천으로 이어지진 못했다. 근무 중인 학교가 모두 다르다는 게 첫 번째 걸림돌이었다. 그런 물리적 한계 외에도, 스스로 만족스럽지 못한 수업을 동료 교사와 가감 없이 공유하는 것에 대한 부담감 때문에 누구도 선뜻 나서지 못했다. 오랜 시간을 함께한, 뜻을 같이하는 동료지간임에도 자기 수업에 있어서 만큼은 방어 태세를 갖추지 않기가 힘들어 보였다. 수업이 교사의 핵심 업무인 만큼 교사로서의 전문성과 자존감에 타격을 받을지도 모른다는 두려움은 충분히 공감되는 바였다. 나 역시도 먼저 수업을 공개하겠노라고 용기 내지 못했으니까.

2010년에 도입된 이후 매년 학생, 학부모, 관리자, 동료 교사의 참여로 이루어진 교원능력개발평가(이하 '교원평가')가 2020년에는 코로나 사태로 실시되지 않았다. 2021년에 평가를 재개하면서 동료 교사 평가가 제외됐는데, 교사 업무 경감도 하나의 이유겠지만 교사 간 평가가 유명무실하다는 판단이 보다 결정적 계기인 것으로 보인다. 교내에서 교사 간 수업 교류가 활발히 이루어지지 않는 와중에, 좋은 게 좋은 거라고 동료애를 핑계 삼아 모든 항목에서 서로 '매우 만족'을 줘 버리니 무슨 의미가 있겠는가. 하지만 학생이나 학부모에게서 받는 피드백과는 또 다르게, 현장의 사정을 공유하고 있는 전문가들끼리 주고받는 피드백은 나름의 큰 의미가 있다. 꼭 교원평가의 테두리 내에서가 아니더라도 교사 간 교류는 지속적으로 장려되어야 하고, 특히 수업 간 장벽을 허물기 위한 묘책은 부단히 고민해 나가야 하는 부분일 것이다.

그동안 바쁜 시간을 쪼개어 전국 단위의 교사 모임부터 지역 교육청 소속 교사 동아리까지 다양한 모임에 참여해 왔는데, 내심 아쉬웠던 부분은 단위 학교 내 교사 모임이 상대적으로 부실하다는 점이었다. 사실 교사들이 따로 시간을 내어 지역과 학교를 막론하고 모이는 이유는 특정 관심사를 중심으로 밀도 높은 공부를 하기 위함이기도 하지만, 교내에서는 그런 모임이 활발히 이루어지지 않기 때문이다. '전문적 학습 공동체'라고 하여 통상 교과별로 운영되는 교내 교사 동아리가 있지만 상부의 지시에서 출발해 형식적으로 운영되는 경우가 많고, 바쁜 일과 중에 짬 내어 모이기도 현실적으로 쉽지 않은 탓이다. 하지만 학교의 제반 시설과 문화를 공유하면서 같은 학생들을 상대로 수업하고 있다는 것만큼 교사 간 교류를 원활하게 하는 조건은 없다. 매일 얼굴을 마주하는 교사들끼리 머리를 맞대는 것만큼 효과적인 수업 개선법이 또 있을까.

알기야 알아도, 아는 걸 실천으로 옮기는 건 천 리 길 만 리 길인데 실컷 떠들어대고 나니 괜히 머쓱해진다. 나부터 실천으로 옮겨야 뱉은 말에 힘이 실릴 게 아닌가. 미친 척하고 교내 메신저를 통해 단체 메시지나 한번 날려 볼까.

"선생님들, 제 수업 한 번 보러 오시렵니까. 동기 유발, 학습 목표 낭독, 전시 학습 확인 이런 거 우리 매시간 안 하잖아요. 애들한테 물어서 진도 확인하고, 엎어져 있는 애들 깨운다고 5분 날리고, 잔소리하다가 혼자 열 내고 이런 게 진짜 리얼 수업이잖아요. 있는 그대로를 보여드립니다. 부끄럽지만 부끄러워하지 않겠습니다. 잠옷 바람으로 면접 보는 기분이겠지만 철판 한 번 깔아보겠습니다. ○○이가 제 수업에만 까부는지도 궁금하고 △△가 제 수업에만 자는지도 궁금합니다. 오셔서 보시고 무슨 말씀이든 해 주시면 정말로 감사하겠습니다."

얼마나 오시려나. 자기 수업도 보여줘야 할까 봐 아무도 안 오시려나. 아니, 그럴 리 없다. 분명 많이들 오실 거다. 나만 궁금하고 나만 답답했던 건 절대 아닐 테니까. 누가 시켜서가 아니라 자신의 필요에서 비롯한 일, 더욱이 함께하는 동료가 있다면 기대 이상의 변화가 찾아오리라 믿는다. 언제가 될지는 장담할 수 없지만, 미래의 내가 부디 용기 내 주기를 바라며.

판타지라도
좋아요

최진영 소설가의 『일주일』이라는 소설집이 있다. 고등학생이 주인공인 세 편의 단편 소설이 한 권의 책에 담겨 있는데, 흥미롭게도 학교의 종류를 기준으로 이야기가 나뉜다. 「일요일」은 특성화고, 「수요일」은 특목고, 「금요일」은 일반계고 학생이 각각 주인공으로 등장한다. 실제 고등학생의 글은 아니지만 그들의 상황과 입장을 잘 대변하는 듯하여 공감 가는 부분이 많았다. 세 이야기의 공통점을 찾자면 학교라는 공간이 아이들에게 안전한 울타리이자 진정한 배움의 장이 되지 못하고 있다는 것, 교사와 부모가 성숙한 어른의 역할을 제대로 하지 못하는 데 비해 고등학생 주인공의 시선이 도리어 더 날카롭다는 것이었다. 현실과 겹치는 부분이 많아서 책 읽는 내내 부끄럽고 뜨끔했다.

특히 마지막 소설인 「금요일」은 일반계고 학생이 주인공이라서 좀 더 친숙하게 느껴졌다. 학교와 입시 교육에 환멸을 느끼고 자기만의 속도로 인생을 살기 위해 결국 자퇴를 선택하는 주인공 '하지'의 이야기였다. 앞선 두 소설보다 학교 현장의 모습이 더 잘 드러나 있었는데, 소설에 그려진 학교와 교사의 모습은 여러모로 불편한 점이 많았다. 아니, 소설 속 선생님들은 어쩌자고 매번 이런 식일까. 원망과 자책의 마음이 동시에 들었다.

"교실 또는 학교가 사회의 축소판이라는 말은 나도 들어봤다. 선생님들은 사회에 나가면 이보다 더하다, 지금이 좋은 때란 걸 알아야지, 너희는 학생 신분으로 보호를 받지 않느냐, 너희가 할 일이 공부 말고 또 뭐가 있느냐, 사회는 전쟁터다 등등의 말로 우리를 협박했다. 공부 잘해서 대학 간판을 잘 따는 건 성능 좋은 무기를 갖는 것과 다를 바 없다고, 남들이 칼 한 자루 들고 싸울 때 탱크 타고 싸우는 것과 같다고 수학 선생님은 말했다. 나는 그런 비유 자체가 끔찍했다. 내가 전쟁터에서 사람 죽이겠다고 지금 미적분을 배우는 건가?"

하지의 말대로 끔찍하고 섬뜩한 비유였다. 학생들을 겁주려 했다기보다는 열심히 공부하라는 뜻이었겠지만, 공부와 대학 진학의 의미를 전쟁터에서 성능 좋은 무기를 가지기 위함에 비유한 대서야 어찌 교육적이라고 할 수 있을까. 현실이 그처럼 치열하고 삭막하더라도 그 안에서 지켜나가야 할 가치와 삶의 다양성에 대한 교육이 학교와 교사를 통해서 이루어져야 할 텐데, 그런 이상적인 모습은 당최 소설 속에서 찾아보기 힘들었다.

하지가 쓴 연극 대본 역시 학교에 대한 인식을 여실히 보여 주었다. '교실에서 일어나는 폭력과 괴롭힘, 교무실에서 선생님들이 나누는 비겁하고 치사한 대화, 상담실에서 벌어지는 엉망진창 협상, 특권 의식에 찌든 가족의 역겨운 저택 생활'을 내용으로 청소년 연극 축제에 참여하려고 한 것. 하지만 교장은 대본 내용을 문제 삼으며 학교장 추천서에 사인을 해 주지 않는다. 정말 치사하기 이를 데 없지만, 현실의 관리자들도 크게 다를 바 없을 터였다.

비단 이 소설집뿐만이 아니라 그동안 내가 접했던, 학교 현장을 배경으로 한 십 대의 이야기 대부분이 학교와 교사 집단에 대한 비판적 시각을 기저에 깔고 있었다. 이 나라 교육 현실을 바라보는 외부의 시선들이 어떤 경향성을 가지는지 단적으로 드러나는 듯해서 현장에 몸담은 사람으로서 내내 가시방석에 앉아 있는 기분이었다.

「금요일」을 읽으며 9년 전 1학년 재학 중에 결국 자퇴를 선택한 우리 반 아이 D가 생각났다. 학업 성적도 좋은 편이었고 교우 관계도 문제가 없었다. 소위 '문제아'와는 거리가 먼 아이였다. 쓰고 보니 "그런 애들이 자퇴한다는 편견을 버려."라고 했던 하지의 대사가 떠오른다. 나도 같은 편견에 젖어 있었나 보다. D는 문제아가 아니었다는 말부터 불쑥 꺼내는 걸 보니.

부모와 내가 거듭 설득했지만, D는 결국 자신의 뜻을 굽히지 않았다. D가 내게 했던 말들이 소설 속에 거의 그대로 담겨 있었다.

"매일 똑같은 시간까지 학교에 가야 하는 것, 자리에 꼼짝없이 앉아 선생님이 시키는 대로 해야 하는 것, 아이들끼리 우르르 몰려다니면서 비슷한 얘기나 놀이를 해야만 하고 그러지 않으면 이상한 애가 되는 것, 남들보다 느리거나 못하면 잘못이 되고 놀림을 받는 것이 싫었다. 그런 걸 이상하다고 생각하는 나를 더 이상하게 생각하는 사람들이 학교에 다 모여 있었다."

D는 내신과 학생부와 수능 외에는 중요한 게 없는 학교에서 자기 인생을 더 이상 소모하고 싶지 않다고, 자신이 진짜 원하는 게 뭔지, 정말 잘할 수 있는 게 뭔지를 찾기 위해서 떠날 거라고 딱 잘라 말했다. 그건 학교 다니면서도 찾을 수 있지 않겠냐는 내 말에 지금처럼 학교에 갇혀서는 불가능하다며 고개를 저었다.

여러 번 말문이 막혔다. 나 자신조차 확신이 없는 말을 주절주절 떠들어댔다. 고교 자퇴생이라고 하면 뭔가 문제가 있다고 생각하는 사람들이 많다, 남들 하는 대로 하고 사는 게 제일 쉬운 길이다, 등등 고리타분하기 짝이 없는 말을 설득이랍시고 늘어놓았다. 안전한 길, 보장된 길만을 밟아 온 나로서는 D가 실로 용감해 보이기도 했다. 그런 D를 응원하고 지지하고 싶은 마음이 가슴 한편에 자리하고 있었지만, 남의 자식이라서 그런 말 한다는 소리를 들을까 봐 속으로 삼키고 말았다.

D는 결국 2학기 중반쯤에 자퇴했고, 이듬해에 다시 연락이 닿았다. 대안학교에 진학해서 잘 다니고 있으며, 얼마 전에는 학교에서 유럽을 다녀왔노라고, 풍물놀이 거리 공연을 통해 우리 문화 알리기 활동을 했는데 굉장히 유익한 경험이었다며 한층 밝아진 목소리로 재잘댔다. 다행스러운 마음이 들면서도 여전히 염려스러웠다. 학력 인증이 되지 않는 학교를 선택한 걸 늦게라도 후회하진 않을까. 검정고시, 대학 진학, 취업으로 이어지는, 별반 다르지 않은 행보에 불현듯 회의감을 느끼는 날이 올지도. 그러다 문득, 나의 염려가 내 인식의 한계를 보여주는 듯해서 머쓱한 기분이 들었다. D는 기실, 나보다 훨씬 담대하고 자유로운 영혼인 것을. 무엇을 하든 부디 그때의 패기만은 잃지 않기를 바랐다.

　　소설 속에서 하지의 엄마가 하지에게 해 준 말이 있다. "후회해도 돼. 후회할 수도 있는 거고 후회는 잘못이 아니야. 후회될 때는 꼭 나한테 말해야 된다. 같이 그다음을 생각할 수 있게. 알았지?" 나도 D에게 그렇게 말해 줬어야 했다. "네가 선택한 것이니 나중에 후회하거나 힘들다고 하지 마라."와 같은 말들로 퇴로를 막고 으름장을 놓던 어른들. 모두의 반대를 무릅쓰고 제 고집대로 내린 결정이니 책임도 온전히 자기 몫이라는 생각에 오죽 심란했으랴. 나라도 한 번쯤 그런 말을 해 줬다면 아이는 분명 덜 외로웠으리라.

학교를 배경으로 한 소설이나 영화, 드라마는 빠지지 않고 찾아보는 편이다. 나의 일상이 창작의 대상이 되는 일은 현실과 가상을 비교하는 재미가 있다는 점에서 제법 흥미롭다. 하지만 대개는 비판의 대상이 되므로 썩 유쾌하지만은 않다. 그렇다고 선뜻 반박할 수도 없는 게, 나조차도 공감되는 부분이 많아서다.

　교육, 입시, 학교, 교사 집단 등을 소재로 삼은 이야기 중에 보다 희망적이고 우호적인 시선을 담은 작품들이 많이 생겨나기를 소망한다. 나로선 적잖이 위로가 될 것 같다. 소설은 현실을 반영한다지만 현실을 이끌 수도 있는 법이니, 미래 교육의 청사진이 되어주는 '명랑 입시 소설' 하나쯤 조만간 탄생하기를 기다려 본다. 장르는, 판타지가 되려나.

2.

아
무
튼
 교
사
니
까

지각과의
전쟁

나는 부지런한 편은 못 된다. 그렇다고 게으르지도 않다. 자주 일을 미루지만, 기한이 있는 경우엔 어지간하면 그 안에 해낸다. 약속 시간보다 일찍 도착해 여유를 부려 본 적도 없지만 대체로 제시간에는 도착했다. 언제나 경계에서 서성이다 가까스로 데드라인 직전에 안착하는 식이랄까. 학창 시절에도 지각으로 선생님께 꾸중을 들은 기억은 다행히 없다. 물론 제일 먼저 교실 문을 열어 본 경험도 전무하지만. 만년 지각생들이 선생님께 혼날 때마다 '도대체 쟤들은 왜 저러나.' 하며 예사로 혀를 찼다. 용케 피했으나 어쨌든 남의 일이었으므로.

그런데 교사가 되고 보니 지각은 남의 일도, 예삿일도 아니었다. 지각생 많은 반치고 잘 굴러가는 반은 없으니까. 카리스마도 요령도 없던 발령 초기, 우리 반 지각생 지도에 골몰해 있던 내게 한 신배 교사가 흘리듯 말했다.

"애들이 제일 싫어하는 게 뭐겠어. 학교에 오래 붙잡혀 있는 거야. 끗발이 안 서면 몸으로 때우는 거지, 뭐. 샘이 좀 힘들긴 하겠지만."

그리하여 그해 우리 반 지각 벌칙은 야간자율학습 1시간 연장이 되었다. 1분만 늦어도 얄짤없다는 담임의 엄포에 교실은 일순 술렁였다. 10여 년 전만 해도 1, 2학년은 야간자율학습 후 9시 하교가 기본값이었는데, 10시가 돼서야 고3 선배들과 함께 귀가할 수 있다는 건 실로 가혹한 처사이긴 했다. 한 달간 꼬박꼬박 그날의 지각생들과 함께 10시까지 연장 자습을 했더니 독한 선생으로 소문이 났다. 아이들은 등교 시각을 칼같이 준수하기 시작했다. 단 한 명만 빼고.

지금도 선명히 기억나는 그 애의 얼굴, 아마도 함께 보낸 시간이 다른 아이들보다 월등히 많아서겠지만. 슬프게도 아이의 적응력은 놀라울 정도였다. 부모님도 어쩌지 못하는 늦잠꾸러기에 천성도 여유만만이었으니, 아침잠 10분을 포기 못하는 대신 연장자습 1시간을 달게 받아들이기로 작정한 듯했다. 호기롭게 시작한 일이었으나 갈수록 마음이 삐뚤어졌다. 저도 미안한지 고개를 푹 떨군 녀석을 보면서 짐짓 쾌활하게 "오늘도 10시까지!"라고 했으나, 속으로는 '이게 진짜 날 엿 먹이려고 그러나.' 싶었으니까. 결국 체력의 한계를 느끼고 3학년 자습 감독 선생님의 양해를 구한 뒤 3학년 교실에서 자습하게도 해 봤다. 선배들의 호기심 어린 시선을 한 몸에 받으면서도 아이는 참으로 꿋꿋했다.

지지고 볶고 하는 통에 1년이 훌쩍 지나고, 나는 드디어 해방되었다. 다름 아닌 내가 내뱉은 말로부터. 다시는 이런 방법 쓰지 않으리, 단단히 결심하던 차에 그 애로부터 편지 한 통을 받았다. "선생님, 감사합니다. 선생님과 함께 한 연장 자습 덕에 성적이 많이 올랐어요." 이건 뭐, 웃어야 하나 울어야 하나. 어쨌든 그 방법은 추억 저편으로 아스라이 사라졌다. 체력도 체력이거니와 무엇보다 야간자율학습 자율화 시대가 아닌가. 학원이다 과외다 바쁜 아이들을 억지로 학교에 붙잡아 뒀다가는 부모들로부터 항의 전화를 받을지도 모를 일.

한 번은 아이들이 자율적으로 학급 규칙을 정할 수 있도록 했다. 지각, 청소, 자리 배치 등 학급 운영의 주요 항목들을 나누어 안건별로 열띤 토론을 벌이고 의견을 수렴했다. 기대 이상으로 잘 해내어 기특하다 싶었으나 딱 한 가지 걸리는 부분이 있었다. 지각 벌금제였다. 차곡차곡 모아서 맛있는 걸 사먹을 테니 벌금 통장도 만들어 달란다. 모아봤자 얼마나 모은다고 참으로 야무진 꿈이었다. 그런데 웬걸, 벌금이 차곡차곡 모이더니 10만 원을 넘어서는 거였다. 결국 아이들의 요구대로 학급파티까지 벌였으나 나는 내내 찜찜했다. 아이들의 심리를 모르는 바 아니었다. '나만 아니면 돼.'라는 이기주의와 잘못의 교정보다는 당장의 편이를 좇는 일차원적인 발상, 딱 그 어디쯤이었다. 사실 벌금의 대부분은 몇몇 고정된 녀석들의 지갑에서 나왔는데, 어째 그 놈들이 갈수록 뻔뻔해졌다. 학급파티 날에는 자기가 쏘는 양 의기양양해져서는 거들먹거리기까지 했다. 벌금을 걷는 과정은 또 어떠한가. 야무진 총무가 도맡아 하든, 담임이 팔 걷고 나서든 그건 참말로 못 할 짓이었다. 1분 늦었으니 100원 내라는 식의 치졸한 돈거래가 오가는 교실이라니.

벌금제는 결코 최선이 아님을, 더군다나 학교 현장에서 수용하기엔 너무도 교육적이지 못한 방법이라는 것을 뼈저리게 깨달았다. 용돈이 넉넉한 아이들은 그깟 돈 몇 푼 내고 지각에 대한 면죄부를 당당히 얻어갔다. 사정이 여의치 않은 아이들은 기를 쓰고 등교 시각을 준수해야 했다. 누구에게나 평등해야 할 교칙이 아이들의 지갑 사정에 따라 차등화돼 버렸다. 자율성을 주겠다 해 놓고 제동을 거는 꼴이 될까 봐 여차저차 넘어갔는데 그건 나의 불찰이었다. 교사로서 아이들을 계도할 기회를 놓쳤고, 1년간 교실 속 불의를 방관했다. 그 기억은 내 교직 생활의 깊은 상처로 남아 버렸다.

이런저런 시행착오를 거쳐 최근에 써 본 방법은 '삼진아웃제'라는 거였다. 지각 횟수 3번이 모일 때마다 나름대로 의미 있는 과제를 부여했다. 시 암송, 좋은 글 필사하기, 성찰의 일기 쓰기, 체력 단련, 재능 기부, 선생님 돕기를 포함한 총 9가지였다. 9회

말 게임 아웃—9개의 과제를 모두 수행한 경우—시엔 문제가 심각하다고 판단하여 가정방문을 하겠다고 했다. 가정방문이요? 아이들은 눈을 동그랗게 뜨고 입을 다물지 못했다. 한창 예민하고 숨길 게 많은 사춘기 아이들에게 결코 달갑지 않은 일임이 뻔했다. '설마 그런 일이 생기겠어.'라는 마음으로 내건 공약이었는데 결국 설마가 사람 잡는 일이 벌어졌다. 다들 나의 공약 이행 여부를 예의 주시했다. "가기로 했으니 가야지." 태연히 말했다. 당사자만 여전히 못 믿겠다는 얼굴로 나를 멀뚱히 바라봤다.

아이의 어머니와는 이미 전화 통화를 여러 번 한 사이였지만, 얼굴을 마주하는 대화는 또 달랐다. "얘가 어릴 때는 곧잘 똑똑하다는 소리를 듣곤 했거든요. 그런데 중학교 때 친구를 잘못 만난 이후로 영 삐뚤어져 버렸어요. 절도 사건에 휩쓸려서 경찰서를 들락날락하기도 했고요. 이제 공부랑은 아예 담쌓은 것 같아요. 음악 할 거라고 난린데, 왜 자기를 예고에 안 보내줬냐면서 부쩍 우릴 원망하네요. 둘 다 아이 등교 시간보다 일찍 출근하다 보니 자꾸 이런 일이 생깁니다. 선생님 뵐 면목이 없네요…" 부모와 담임 교사의 대면을 바라보고 선 아이의 모습이 어쩐지 안돼 보였다. 한껏 순해진 어깨와 눈빛이 마음 한 구석을 저릿하게 했다.

반복된 지각은 하나의 외현일 뿐. 성적이 잣대인 곳에서 무능력한 존재로 치부되고 문제아로 낙인찍히는 경험이 누적되는 동안 아이는 스스로 마음의 문을 닫았다. 들어도 아는 바 없으니 수업 시간 내내 엎드려 있고, 오기 싫은 발걸음 억지로 끌고 오느라 맨날 늦었던 거다. 힘든 마음 헤아려 주며 토닥이다가 그래도 자퇴할 거 아니면 졸업하는 날까지 학교 규칙은 준수하자고 덧붙였다. 그건 그거고 이건 이거니까. 안타깝게도 더 좋은 결론을 찾지 못했으니까.

10여 년의 교직 생활 동안 내가 깨달은 것은 지각생 없는 반이란 불가능한 이상이라는 거다. 지각 지도엔 별다른 묘책이 없다. 단순히 지각 행위만을 질책하고 바로잡으려 드는 건 미봉책에 불과할 뿐. 표면적인 것 너머에는 항상 무언가 있다. 세심하게 살피고 살뜰히 물어 가다 보면 알감자가 줄줄이 엮여 나오듯 생각지도 못한 사정과 까닭이 고개를 내밀 수도 있는 일. 지각생 없는 반을 만드는 걸로 교사 리더십을 증명하려 들지 말고, 품이 넓은 반을 꾸려가기 위해 애써야겠다. "늦었으니까 남아.", "늦었으니까 돈 내." 이런 거 대신 왜 늦었는지부터 물어야지. 뭐라고 하든 일단은 끝까지 들어줄 것. 퍼질러 앉아 떼쓰는 어린아이, 품에 안고 궁둥이 토닥여 주는 엄마의 마음으로. 덩치만 컸다 뿐이지 아직은 더 여물어야 할 존재들이니까.

9개의 과제 중에 시 암송을 할 때면 주로 청소년 시집을 활용했다. "종례 전까지 외워 와! 안 그럼 집에 못 가!" 건네받은 시한 편에 땅이 꺼져라 한숨을 쉬다가도, 자신의 일상과 심리가 녹아 있는 재기 발랄한 구절들을 확인하고는 이내 웃음을 터뜨리곤 했다. 거듭된 시도 끝에 어렵사리 암송을 해내고 나면, 교실 앞 게시판에 해당 시를 붙여 놓고 반 전체와 공유했다. 진로, 적성, 성적, 외모, 친구, 이성교제, 가정환경 등 저마다 복잡한 문제에 둘러싸여 골머리를 앓고 있는 아이들. 시를 통해서긴 하지만 나만 그런 게 아니라는 사실은 다소간 위안이 될 터였다. 더불어 지각은 평생 남의 일이었던 아이들도 '도대체 쟤는 왜 저러나.' 대신 '쟤도 나름 애쓰는 중일 거야.'라며 품을 키우길 바랐다. 깍쟁이처럼 굴었던 학창시절의 나를 돌아보는 마음으로.

학교생활 규정을 간과할 수도, 간과해서도 안 되는 교사의 위치에서 소심하게나마 아이들을 편들고 싶다. 앞으로 내가 안고 가야 할 과제는 무엇인가. 지각을 줄이는 가장 이상적인 방법은 학교가 '가고 싶은 곳'이 되는 거 아닐까. 적어도 '가기 싫어서 발걸음이 안 떨어진다.'는 말이 나오면 안 될 테니까. 흠, 이거 몹시 어려운 문제군!

빼앗긴 아침을
되찾기까지

나는 매일 잠과 사투를 벌이고 있다. 내게 불면증이나 기면증 같은 수면 장애가 있다는 뜻은 아니다. 만성 피로에 늘 잠이 부족한 상태이긴 하지만, 그럭저럭 버틸 만한 수준이다. 사실 난 학교에서 수업 시간마다 아이들의 잠과 씨름하고 있다. '어떻게 하면 아이들을 재우지 않을 수 있을까?'라는 고민은 비단 나만의 것이 아니다. 고등학교 교사라면 으레 공감할 일상적인 고민 중 하나이다. 아무리 좋은 수업을 준비해도 잠든 아이들 앞에서는 무용지물이 될 테니까.

하루 중 가장 큰 고비는 1교시다. 비몽사몽의 상태로 등교하는 아이들에게 1교시가 가장 피곤한 시간임은 말할 것도 없다. 얼마 전, 십 대 청소년들의 수면 패턴이 어른들의 사회와 기본적으로 맞지 않다는 글을 읽었다. 로이터 통신의 기자 데이비드 랜들이 쓴 『잠의 사생활』에 나오는 이야기다. 그에 따르면 청소년의 경우 밤 11시가 될 때까지 잠을 불러오는 호르몬인 멜라토닌이 분비되지 않는다. 그 대신 해가 뜬 뒤에도 멜라토닌의 분비가 한동안 멈추지 않는다는 것이다. 십 대 청소년들은 생리적으로 올빼미 생활을 할 수밖에 없는데, 어른들의 시간표에 맞춰 등교 시간을 정해 놓았으니 이 얼마나 가혹한 일인가. 오전 8시가 아니라 10시쯤 등교할 수 있도록 학교 시스템을 바꾼다면? 그러면 아이들이 조금 덜 피곤해할까. 물론 큰 기대는 하지 않지만.

사실 아이들은 1교시뿐 아니라 온종일 피곤한 상태다. 하루 중 언제가 가장 행복하냐는 질문에 '잘 때'라고 대답하는 아이들이 적지 않다.

"하루의 자유시간이 주어진다면 뭘 할 거니?"

"그냥 계속 잘래요. 아무도 깨우지 않는 곳에서."

아이들에게 가장 절실하게 필요한 것은 꿈이나 사랑 같은 막연하고 모호한 이상이 아니라, 당장의 피로를 풀어 줄 단잠인지도 모른다.

두 해 전, 시인이자 교사인 배창환 선생님을 실제로 만난 있었다. 감사하게도 본인의 시집 『별들의 고향을 다녀오다』를 선물로 주셨는데, 그중에서도 「빼앗긴 아침」이라는 시가 나에게 깊은 울림을 주었다.

누가 와도 못 말리는, 지금은 이불 속 캄캄한 잠이 지배하는 시간
아이들은 욕망과 생존의 촘촘한 그물에 갇혀

참 편안히, 머리와 손발 다 내던지고 엎어져 잔다

갇혀 사는 일이 편히 느껴질 때도 때론 있는 것

이런 날도 살다 보면 앞으론 아마 드물 것이리

…

그래도 나는 견딘다, 아이들을 지난밤에 이리저리 다 빼앗기고

나는 편히 잠을 잤고, 아이들은 그 무엇에 홀려 잠을 못 잤으므로

잠잔 나는 불편하고 잠 못 잔 아이들은 편안한 이 시간

혼자, 견딘다, 책을 창밖으로 내던지고 싶은 이 시간

남들 눈에 안 보이는 것이 잘 보이는 것도 슬픈 이 시간…

늘어지게 엎어져 자는 아이들을 안타까운 시선으로 바라보는 화자의 모습이 눈에 선하게 그려진다. 아이들은 지난밤에 무엇을 한 걸까. 과제나 공부 때문에 늦게 잠자리에 든 경우도 물론 있겠지만, 그게 다는 아닐 것이다. 많은 아이가 휴대폰을 손에서 놓지 못해 뜬눈으로 밤을 지새운다. SNS 속 화려한 이미지의 세계, 또는 유튜브 연속 재생의 늪에 빠져 헤어 나오지 못하는 것이다. 또 다른 누군가는 야간 아르바이트를 하고 있는지도…. 저마다의 이유로 하루의 시작이 힘겨운 아이들, 그 속에서 홀로 불편한 시간을 견디는 화자의 모습은 내 모습이기도 했다.

환기를 위해 창문을 열거나, 간단한 스트레칭을 시도하기도 하고, 관련된 개인사를 풀어 놓아 아이들의 호기심을 자극하기도 한다. 일으켜 세워 수업을 듣게 하거나 모둠을 만들어 활동 과제를 부여하는 것도 자주 사용하는 방법이다. 그런데 그마저도 쉽지 않은 날에는 그냥 서둘러 수업을 마친다. 교실은 순식간에 무거운 고요로 차오르고, 할 일이 없어진 나는 엎어진 아이들의 피곤한 등을 물끄러미 바라볼 뿐이다. 아이들을 억지로 깨워듣게 할 만큼 내 수업이 가치 있는 것인가, 내가 가르치는 내용이 아이들의 인생에 정말로 꼭 필요한 것인가, 하는 다소 서글픈 생각을 하면서.

내게도 그런 시절이 있었다. 고등학생 때 기숙사 생활을 했는데, 아침 6시에 울리는 기상 벨이 나에겐 세상에서 가장 끔찍한 소리였다. 눈곱도 떼지 못한 상태로 대충 겉옷만 챙겨 입고 운동장으로 나가면, 아침 점호를 한 뒤 방별로 줄을 맞춰 2바퀴씩 뛰어야 했다. 졸업 후에도 기숙사에서 보낸 그 아침들은 종종 악몽으로 나타나곤 했다.

심지어 그땐 0교시라는 것도 있었는데, 지금 생각하면 어찌 그리 가혹했나 싶다. 본격적인 수업에 들어가기에 앞서 교육 방송을 시청하거나 영어 듣기를 하거나 독서 활동을 하는 시간이었는데, 그건 그저 명목상 구실이었을 뿐. 내내 꾸벅꾸벅 졸며 잠에 취해 있었던 기억이 난다. 참으로 오랫동안 나에게 아침이란, 무언가를 해야만 하는, 그 무엇도 달갑지 않은 고된 시간이었다.

성인이 된 후에야 아침은 온전히 나의 것이 되었다. 언제 일어날 건지 무엇을 먹을 건지 어떤 일부터 할 건지를 스스로 결정할 수 있다는 것, 내가 내 시간의 주인이 된다는 것이 얼마나 기꺼운 일인지 비로소 알았다. 얼른 지나가기만을 바랐던 시간이 무언가를 하고 싶은 시간으로 바뀌기까지, 내가 밟아 온 모든 삶의 과정이 문득 아득하게 느껴진다.

내가 그랬듯이, 학교의 아이들도 삶의 그 시기를 온몸으로 통과하는 중이리라. 무언가를 해야만 하는 아침에서 무언가를 하고 싶은 아침이 되기까지, 빼앗긴 아침을 되찾을 때까지 다들 각자의 방식으로 잘 존재하기를 바라며. '이것 또한 지나가리라.'와 같은 묵은 명언은 되도록 하고 싶지 않았는데, 돌고 돌아 결국 그 자리다.

안 한 걸까,
못 한 걸까

아영은 노량진의 여성 전용 독서실에서 살며 힘겨운 재수 시절을 보냈다. 결국 서울의 한 사립대학에 입학한 아영은 비싼 등록금을 벌기 위해 4년 내내 동네 보습학원에서 일하며 치사하기 짝이 없는 대우를 받는다. 우수한 학부 성적과 900이 넘는 토익 점수가 있음에도 아영은 취업의 문턱에서 번번이 좌절한다. 운전 면허증을 따고 사진을 다시 찍고 눈을 낮추어도 결과는 달라지지 않고, 마침내 서른 번째 낙방한 날 아영은 자신에게 묻는다. "혹시 나는 정말 괴물이 아닐까?" 하지만 아영은 알고 있다. 자기소개서 모범 답안은 글을 잘 쓰고 아니고의 문제가 아니라, 인생 자체가 잘 쓰여 있어야 한다는 것을. 이력서에도 '콘텐츠'가 있어야 하고, 그 '콘텐츠'를 만들기 위해서는 다름 아닌 돈이 필요하다는 것도.

김애란의 「베타별이 자오선을 지나갈 때, 내게」라는 소설의 내용이다. 아이들에게 이 소설을 소개하고 일부를 보여 줬다. 김

난도 교수의 『아프니까 청춘이다』를 비판한 사설, 불안한 고용 환경 속 치열한 경쟁 상황을 풍자한 SNL '인턴 전쟁'편, 그리고 능력주의 신화의 어두운 면을 폭로한 명사의 강의 영상도 덧붙였다. 나는 아이들에게 물었다. "주인공 아영이 겪고 있는 취업 경쟁은 공정한 것인가?" 물론 "공정하지 않다."는 대답을 전제한 질문이었다. 아이들은 질문에 대한 자신의 생각을 써 내려가기 시작했다.

사실은 문법 단원 진도를 나가던 중이었다. 부정 표현에 대해서 학습할 차례였는데 '안 하는 것'과 '못 하는 것'의 차이를 단순히 문법 지식의 차원에서만 언급하고 넘어가기가 아쉬웠다. 의지와 선택으로 거부한 것인지, 상황이나 능력으로 인해 뜻대로 하기 힘든 것인지를 구분하는 일은 살면서 꽤 중요한 문제라는 생각이 들었다. 상황을 대하는 마음가짐이나 대처법이 판이해질 테니까. 아영은 취업을 '안' 한 것인가, '못' 한 것인가. 능력주의와 경쟁 사회에 대한 고민을 함께 나누는 시간이 되었으면 했다. 어차피 취업 전쟁은 아이들이 머잖아 살아낼 시간의 문제이기도 하니까.

아이들의 반응은 다양했다.

"현실에 대한 자각보다 더 큰 상처는 이런 부조리한 현실에 순응할 수밖에 없는 자기 모습을 볼 때가 아닐까."

"주인공은 '혹시 나는 정말 괴물이 아닐까.'라고 생각했다. 진짜 괴물은 따로 있는데 말이다."

"태어날 때부터 인생이 설계된 사람들과 주인공은 출발선 자체가 달랐다. 그들은 이미 결승선 앞에서 기다리고 있었다. … 나는 이런 현상의 원인이 기득권층의 독점에 있다고 생각한다."

불공정 사회에 분노하고 그 원인까지 파고드는 아이들. 아이들은 기대 이상으로 진지했다.

"주어진 대로의 나 자신과 현실을 빨리 인정하고 우선 내가 달라져야 한다. … 노력해도 안 된다는 말은 그저 게으른 자의 변명처럼 들린다."

"내가 사는 현실을 살아야지 지금 이 사회 구조를 바꿀만한 힘도 없으면서 공정하지 않다고 징징대 봐야 변하는 건 없다."

이런 글도 적잖게 있었다. 불안감과 피로감이 짙게 느껴졌다. 아무렴, 세상을 바꾸기보다는 세상에 맞춰 나를 바꾸는 게 훨씬 효율적으로 보일 테지. 아이들은 나에게 묻고 있었다. 그래서 어쩌라고?

나는 고민했다. 어떤 말을 해 줘야 할까. 냉소적이긴 해도 현실의 문제를 모르는 아이들은 아니었다. 문제를 공론화하고 대안을 고민하는 일에 쏟을 에너지와 여유가 없을 뿐.

"그래, 그냥 순응하는 게 빨라 보이기도 해. 나 살기도 바빠 죽겠는데, 그렇지? 하지만 '그래서 어쩌라고? 대안이 뭔데?' 하며 묻는 건 문제 제기 자체를 봉쇄하는 일이 아닐까 싶어. 현실을 직시하고 대안을 고민해야 할 필요성에 공감하는 게 변화의 시작이라고 생각해. 대안을 찾고 실천하는 과정이 험난하다고 해서 시작조차 하지 않으면 바뀌는 건 아무것도 없을 테니까. 누구도 문제 삼지 않으면 문제가 아닌 게 돼 버리니까.

취업에서 서른 번째 낙방한 아영에게 '다들 힘들단다.'라거나 '더 노력해.'라거나 '눈이 너무 높은 거 아냐?'라고 쉽게 말할 수 있을까? 사실 집안 소득과 개인의 성공이 비례한다는 건 수많은 지표가 이미 말해 주고 있어. 그렇다고 취업 실패에 개인이 감당해야 할 몫이 전혀 없다는 건 아니야. 다만, 성공의 요인이 100% 개인적 역량 때문은 아닌 것처럼, 실패 역시 마찬가지란 거지."

적어도 소설 속 아영의 상황을 두고 '루저의 변명'이라고 비아냥거리지는 않기를 바라는 마음이었다.

"너 지금 공부 열심히 안 하면 앞으로 저런 일 하며 산다."

초등학생 고학년 정도로 보이는 아이에게 누군가 말했다. 무더운 여름날이었고 길을 건너기 위해 횡단보도 앞에 서 있었다. 이런 말을 실제로 듣다니. 아이 엄마로 보이는 이의 손끝은 건너편 공사장의 인부들을 가리키고 있었다. 아이가 그 말을 여과 없이 받아들일 생각을 하니 순간 아찔했다.

수업 말미에 아이들에게 이 일화를 들려주었다. 자신도 그런 말을 들어 봤다며 너도나도 말을 보탰다. 그냥 예사로 들었다고, "생각해 보니 무서운 말이네요." 한다. 아이들이 타인의 삶을 단편적인 시선으로 재단하지 않으면 좋겠다. 한 개인의 삶은 그가 처한 사회적 조건과의 관계 속에서 영위될 수밖에 없다는 걸, 선택의 범위는 보유한 자원의 한계를 크게 벗어나지 못한다는 걸 기억하면 좋겠다. '못' 한 것을 '안' 한 것이라 속단하고 함부로 비난하지 않았으면 좋겠다.

끝없는 경쟁 속에서 타인의 고통에 점점 무감각해져 가는 사회, 경쟁에서 낙오된 자들에게 노력이 부족했기 때문이라는 낙인을 찍는 사회에 대해 아이들이 비판적인 시선을 가지길 바랐다. 수업 기획 의도는 꽤 거창하고 비장했는데 이게 얼마나 전달되었는지는 잘 모르겠다. 수업은 자주 내 뜻대로 흘러가지 않고 예상치 못한 아이들의 반응에 당황할 때도 많지만, '일단 해 보자.'라는 마음으로 교단에 선다. 개중에 한 아이라도 흔들어 볼 요량으로.

너의 질문에
밑줄을 긋다

"이런 불공정한 경쟁 속에서 학생들을 성적으로 줄 세우는 선생님은 어떤 기분이신가요?"

이 질문을 했던 K를 기억한다. 평소 말수가 적고 행동이나 표정에 과장이 없어도 묘하게 시선을 끄는 아이였다. 나는 자주 K의 반응을 살피며 수업이 제대로 흘러가고 있는지를 체크했다. 성적이 뛰어난 학생은 아니었지만, 골똘히 생각하는 눈빛이 매섭고도 진중해서 나도 모르게 그 애 눈치를 보게 됐다. 불필요한 말을 아껴 생각을 키운 덕분인지, 간혹 글쓰기 과제를 주면 무심한 듯 뼈가 있는 글을 써내곤 했다.

'경쟁 사회'와 '공정'이라는 화두로 아이들이 써낸 글 중에서 그 어떤 문장보다도 나를 당황케 한 질문이었다. 몇몇 글을 공유하는 자리에서 K의 글을 읽어 주었더니 아이들이 돌연 손뼉을 치며 환호했다. 순식간에 공공의 적이 돼 버린 나는 아연한 표정으로 교실을 둘러보다가 "나도 그러고 싶진 않단다. 나라고 좋아서 그러겠니."라며 대충 얼버무리고 말았다. 감히 건드릴 엄두가

나지 않아서 애써 외면하고 있던 약점을 정곡으로 찔린 기분. 더 나은 대답을 찾아야 했다. 아이들과 나 자신을 위해.

애초에 수행 평가의 일환으로 아이들에게 쓰게 한 글이었다. 진도를 고려하여 짬짬이 시의성 있는 주제로 이야기를 나누고 개별로 짧은 글을 쓰게 했다. 수행 평가와 중간고사, 기말고사 성적이 합산되어 국어과 학기 말 성적이 나올 터였다. 고등학교 공통과목과 일반 선택과목의 경우 9등급 상대평가로 학기별 성적이 산출되는데, 보통 근소한 점수 차로 전교 1등부터 꼴등까지의 순위가 매겨지곤 했다. 말 그대로 '줄 세우기'인 셈. 명단을 죽 훑어 내려갈 때면 아이들 얼굴이 차례로 떠오른다. 학번 순도, 생일 순도 아닌 철저히 기능적인 순서대로. 등급의 경계에서 겨우 소수점 몇 점 차이로 희비가 엇갈린 아이들. 고만고만한 실력들이 이 무정한 등급 선고 앞에서 얼마만큼 차별화될 것인가. 성적표에 매겨진 그 수치들이, 아이들이 한 학기 동안 쏟아부은 시간과 노력에 대한 합당한 결과라고 볼 수 있을까. 또 한 차례, 만족과 안도와 불만과 아쉬움이 교실을 휩쓸고 갈 터였다.

내가 출제한 중간고사, 기말고사 문제들은 아이들의 학업 성취도를 평가하기에 적절했는가, 수행 평가의 평가 기준은 공정했는가 등을 다시금 돌아본다. 한계 내에서 애쓴 일련의 과정이 결국 점수 몇 점으로 환원되는 흐름 속에서 이따금 울컥한다. 성적표에 차곡차곡 쌓인 과목별 석차 등급들은 대학 입시 즈음해서 내신 성적 산출식에 의해 다시 수치화되고 지원 가능 대학 목록으로 정리될 것이다. 입시 성공과 실패로 희비가 엇갈리는 장에서 우리가 함께 공들인 시간들, 미약한 배움의 순간마저 휘발되는 건 아닐까 염려스럽다.

프랑스 철학자 미셸 푸코가 쓴 『담론과 진실』에는 이런 구절이 나온다. "교육자의 역할은 아직 통합되지 않은 사람을 통합하는 일, 이들이 사회 내부로 들어가도록 돕는 일입니다. 하지만 교육자 자신도 사회 안에 존재합니다. 반면, 파레시아스트는 근본적으로 분쟁적 상황 속에 위치합니다. 그는 권력과 맞서고, 다수의 사람이나 여론 등과 대립합니다. 이것은 교육자가 할 수 없는 일입니다. 파레시아스트는 통합의 역군으로 활동하는 것이 아니라 해체의 역군으로 활동합니다."

여기서 '파레시아스트'는 '파레시아'를 행하는 자라는 뜻인데, 이때 '파레시아'란 진실을 말하는 용기, 위험을 감수하는 말하기, 비판적 태도 정도로 해석할 수 있다. 즉, 파레시아스트는 거짓 대신 진실을, 생명과 안전보다는 죽음을, 아첨 대신 비판을, 이득이나 이기심 대신 의무를 택한다는 것이다. 뭔가 가슴 깊은 곳에서부터 뜨거운 것이 불끈 치밀어 올랐다. 그에 반해 '교육자가 할 수 없는 일'이라는 말은 시리도록 냉정했다. '통합의 역군'이 가지는 한계가 뭔지도 너무 잘 알 것 같아서 괜히 뜨끔했다. K가 내게 던진 질문과 푸코의 말이 준 충격은 별반 다르지 않았다. 그간 성실히 복무해 온 통합의 길에 시나브로 균열을 내는 듯한 느낌.

지난해, 『웅크린 말들』, 『노랑의 미로』를 쓴 이문영 작가와 인연이 닿아 메일을 주고받은 적이 있었다. 기자로서 작가로서 그간 가난의 경로를 치열하게 추적해 온 그가 조심스레 일렀다. "부끄러운 말씀이지만 저도 사범대학을 졸업했습니다. 동기들보다 한참 늦게 졸업했는데 그 긴 시간 동안 얻은 결론이 '나는 교사를 하면 안 되겠구나.'였습니다. 교사는 정말 아무나 할 수 없다는 것이 그렇게 오래 교육학을 배우며 얻은 가장 큰 깨달음이었습니다. 학생들 앞에 선다는 것은 참으로 용기가 필요한 일이라 생각합니다."

내가 교단에 서겠다고 마음먹은 것은 용기가 있어서였을까, 없어서였을까. 글쎄, 용기가 있어서였다기보다 깊은 고민이 없었기 때문이라는 생각이 든다. 안정 지향을 염두에 둔 선택이라는 점에서 오히려 용기가 없었던 편에 가까울 수도. 교단에 서기 전에는 이 자리의 무게를 미처 상상하지 못했다.

그간 가난을 소재로 한 문학 작품들을 수업 중에 숱하게 다루었지만, 현재 진행의 역사로 실제 우리네 삶으로 마주한 적이 있었나. 텍스트의 틀 안에 갇혀 기존 평설의 내용만을 뱅긋댄 건 아닐까. 지금껏 내가 해 온 수업들이 머릿속을 스쳐 갔다. 작가의 파레시아 앞에서 나는 새삼 용기를 내야 했다. 적어도 교육자가 되기로 한 내 선택에 책임을 지려면.

'무너진 공교육'이라는 말이 심심찮게 언급되는 상황에서 그 중심에 서 있는 일은 생각보다 고되다. 그럼에도 아직은 학교를 떠날 생각이 없는 건 직업적 안정성 때문만은 아니다. 자주 막막하고 심지어 기분이 '엿 같을' 때도 여길 외면하고 도망치는 편이 왠지 더 비겁한 일이라는 생각이 들기 때문이다. 묘하게도 내가 있을 곳은 여기라는 어떤 오기 같은 게 샘솟는다. "쓸데없는 소리 말고, 그럴 시간에 공부나 해." 같은 말 대신, 함께 질문하고 같이 화내 줄 어른이 되고 싶은 마음. 푸코의 말대로 사회 '내'에서 아이들의 통합을 돕는 '통합의 역군'으로 기능하더라도 '파레시아'를 영영 포기하고 싶진 않은 마음.

질문을 던졌던 K는 이미 졸업하여 대학생이 됐지만, 난 아직도 그에 대한 답을 찾는 중이다. K는 어떤 대답이 듣고 싶었을까. 질문에 환호하며 잔뜩 벼른 눈으로 나를 바라보던 아이들은 내가 어떻게 말해 주길 기다렸을까. 순간 당황하고 머뭇거렸던 그때로 다시 돌아가고 싶다. 수업은 거기서 멈춰야 했고, 우리가 더 기나긴 이야기를 나누었어야 했다는 걸 이제야 안다.

독후감 없는
책 읽기

4시 반 정규 수업 종료령이 울리고 나면 아이들이 교문 밖으로 물밀듯 빠져나간다. 지금이야 방과 후 수업 및 야간자습이 모두 자율화되어 소수의 희망자만 학교에 남는 실정이지만, 불과 7~8년 전만 해도 그렇지 않았다. 방과 후 수업이 정규 수업의 연장과 마찬가지였던 때를 지나 온라인 수강 신청 시스템을 활용해 학생 선택권을 보장하는 형태로 바뀌었지만, 완전한 자율은 아니었다. 보충 수강 자체가 의무에 가까웠으니까. 입시 과목 위주의 운영을 피할 수 없는 상황에서 국어과 교사들은 최소한 한두 강좌를 필수적으로 개설해야만 했다. 학기마다 어떤 강좌를 개설할지가 큰 고민 중 하나였다.

그해에는 으레 해 오던 문제 풀이식 말고 전혀 다른 형태의 수업을 해 보기로 했다. 관리자가 제동을 걸진 않을까 염려하면서도 짐짓 호기롭게 강좌를 개설했다. 강좌명은 '독후감 없는 책 읽기'. 과목별로 주어지는 독후감 과제가 아이들의 독서 피로도만 높이고 있는 게 아닌가 하는 회의감이 들어 실행에 옮긴 일이었다. 아이들이 어떤 반응을 보일지는 장담할 수 없었다. 입시와 직결되지 않는다는 이유로 외면받을지도 모를 일, 폐강도 각오해야 했다. 하지만 걱정과는 달리 세 개 반 각 30명, 총 90명에 달하는 아이들이 모였다. 신청 이유를 물었더니 '편할 것 같아서'라는 대답이 가장 많았다. 그래, 너희나 나나 어떻게든 숨 쉴 구멍이 필요했구나.

우선 내가 소장하고 있는 책 중에서 아이들이 좋아할 만한 것으로 30권 정도를 추렸다. 모자란 부분은 학교 도서관 장기 대출을 이용했다. 매시간 책을 싣고 다닐 작은 카트 하나도 장만했다. 첫날은 책을 소개하는 시간. 책상 여러 개를 붙여 50여 권에 달하는 책들을 모두 펼쳐 놓고는 각 책의 장르, 간단한 줄거리, 난이도, 추천 대상 등을 소개했다. "이 약 한 번 잡숴 봐!"라는 약장수의 심정으로 책 홍보에 열을 올렸더니 아이들이 생각보다 흥미롭게 들어주었다. 책 한 권에 희망자가 둘 이상인 경우 가위바위보로 우선순위를 정했다. 책을 두고 벌이는 치열한 경쟁이라니, 이보다 흐뭇할 수가. 경매 시장 저리 가라 하는 열기에 모처럼 교실이 떠들썩했다.

두 번째 시간부터 본격적인 읽기에 돌입했다. 각자 조용히 책만 읽다 보니 예상한 대로 조는 아이들이 생기기 시작했다. 장기간 누적된 피로로 하나둘 픽픽 쓰러질 때면 나 혼자 애가 달아

발을 동동 굴렀다. 교실 뒤편에 마련된 키높이 책상*으로 보내기도 하고, 간단한 스트레칭을 함께 하기도 했다. 책이 어려워 끝까지 읽기 힘들어하는 경우에는 남아 있는 책 중에서 좀 더 쉬운 것으로 교환해 주었다. 수업 중 내 역할은 아이들이 딴짓하거나 한 시간 내내 엎어져 자는 일이 없도록 독서 분위기를 조성하는 일이었다. 사실 침 튀기며 설명할 일이 없어 몸은 편했으나, 어쩐지 날로 먹는 느낌이 들어 마음은 불편했다.

수업 말미에는 그날 읽은 도서명과 읽은 범위, 인상 깊은 구절이나 한 줄 평을 개인 활동지에 적도록 했다. 분량은 자유. 독서 행위 자체에 몰입할 수 있도록 여타 활동으로 인한 부담은 최소화했다. 책은 수업 시간 중에만 읽고 반납하는 것이 원칙. 종료령이 울리면 가차 없이 걷어갔다. 간혹 좀 더 읽고 싶어 하는 아이에게는 못 이기는 척 다른 수업에 방해가 안 되는 선에서 대출해 주기도 했다. 책장 덮기가 아쉬운, 이토록 바람직한 광경이라니.

사실 활동지 검사가 만만찮은 작업이었다. 처음에는 그냥 확인차 도장만 찍으려 했는데 한 명 두 명 코멘트를 달다 보니 결국 모두에게 달아 주게 됐다. 그게 뭐라고 내 코멘트를 은근히 기다리는 아이들이 있어 대충 쓰기도 곤란했다. 매주 90명의 아

---

* 서서 책을 읽거나 공부를 할 수 있도록 마련된 책상

이들에게 정성 들여 코멘트를 달아 주자니 문제집 풀이가 더 쉬웠겠다는 생각을 아주 잠깐 하기도 했다.

하루는 우리 반 아이가 한 바닥을 빼곡히 써 내려간 활동지를 제출했다. 가족에 관한 소설책을 읽던 중이었는데, 그만큼 하고 싶은 말이 많았던 거다. 가정 경제에 무심하고 무뚝뚝하기만 한 아빠, 결혼 생활에 대한 회의감 때문에 매사에 신경질적인 엄마, 성인이 되면서 보란 듯 집을 떠난 언니에 대한 원망과 연민이 두서없이 나열돼 있었다. 집이 안식처로 느껴지지 않는다고, 얼른 탈출하고 싶은 마음뿐이라고, 소설 속 가족의 모습을 통해 가족의 의미를 깊이 고민하게 됐다고 했다. "쓰다 보니 말이 너무 길어졌네요. 가족 이야기는 내 치부였는데, 그래서 늘 숨기기에 급급했는데 막상 털어놓고 나니 뭔가 속이 후련해요." 2년째 담임을 맡은 아이였지만 들은 적 없던 이야기였다. 책이 아니었다면 아이의 이런 사정을 들을 수 있었을까. 평가에 반영되는 독후감이었다면 이토록 가감 없이 제 삶을 녹일 수 있었을까. 책을 통해 삶을 돌아보고 외면했던 감정이나 상처들을 속 시원히 배설하는 것, 그래서 좀 더 가벼워지는 것. 이런 게 책 읽는 이유이자 재미라는 걸 아이는 덤으로 알았을 거다.

나도 비슷한 상처가 있노라고, 하지만 그건 네 잘못이 아니라고, 부모도 그저 나약한 인간일 뿐이라고, 네가 새로운 가정을 꾸릴 때 같은 상처를 반복하지 않으면 될 일이라고, 말해 줘서 고맙다고 썼다. 그 귀한 나눔에 내가 할 수 있는 최선의 성의로 응하려 애썼다. 한 학기를 계획하고 시작한 수업에서 후반으로 갈수록 아이들의 글은 점점 더 길어지고 솔직해졌다. 선뜻 말로는 꺼내지지 않던 것들이 책을 통해, 글을 통해 터져 나오는 경험을 아이들 스스로 해 나가고 있었다. 조는 아이들은 매시간 꾸준히 있었고, 매주 90여 개의 코멘트 쓰기는 여전히 부담스러웠지만, 아이들과의 내밀한 소통은 자못 즐거운 일이었다.

힐링 타임, 아이들은 그 시간을 이렇게 불렀다. 서글프고 씁쓸했다. 그동안 아이들에게 독서는 휴식이 아니었다. 생활기록부에 희망 진로와 관련된 독서 활동 내역을 남기기 위해, 수행 평가 과제로 독후감을 써야 하니까, 학습을 위한 수단으로, 그러니까 늘 읽어야 해서 읽었다. 독서를 휴식으로 느끼기 힘든 구조다. 특히 아이들은 어려서부터 온갖 독후 활동을 강요받아 왔다. 흔한 독후감이 아니더라도 인물에게 편지 쓰기, 뒷이야기 이어 쓰기, 주제 토론하기 등등 일일이 나열하기 힘들 정도로 수많은 독후 활동을 수행하며 자랐다. 물론 독후 활동은 오랫동안 책의 내용을 기억하고 생각의 폭을 넓히는 데 큰 도움을 주지만, 비자발적인 행위에서 오는 피로감은 생각보다 심각하다. 읽는 책마다 독후 활동이 강요되고 독후 활동을 위해서 책을 읽어야 한다면, 독서는 힘든 노동과 다를 바 없다.

더군다나 아이들은 그런 일련의 과정이 대부분 평가와 결부되는 일상을 살고 있다. 독서가 지닌 가치는 차치하고, 진로와의 연계가 쉽고 구술에 비해 평가가 용이하며 학생들 간 수준 차가 비교적 확연하다는 이유로 독후감은 수행 평가 단골 항목 중 하나다. 국어 교과는 기본이고, 과학 교과에서는 과학 도서로, 영어 교과에서는 영어 원서로, 과목을 막론하고 독후감 과제를 부여하니 독서 행위가 재미로 느껴질 리 만무하다. 책을 읽게 하고 독서의 의미를 찾게 하려는 활동이 도리어 책으로부터 멀어지게 하는 결과를 낳는다. 책 읽기가 의무와 과잉이 된 시대, 아이들은 독서가 즐겁지 않다.

사실 독후감이라는 것도 책이나 글 따위를 읽고 난 뒤의 느낌을 자유로운 형식으로 적은 글을 의미하지만, 일선 교육 현장에서의 독후감 양식은 너무나 정형화되어 있다. 줄거리를 요약하고 인상 깊은 구절을 곁들여 자신만의 감상을 잘 버무린 독후감은 물론 그대로 훌륭한 예시가 되지만, 사실 책 속 한 장면 한 문장만 가지고도 사유는 얼마든지 일어난다. 꼭 책 전체를 아우르지 않아도 각자 감응한 장면이나 구절만으로도 의미 있는 독후 활동을 할 수 있다는 걸 경험하면, 아이들도 독후감 때문에 책이 싫어졌다는 말은 하지 않을 것이다. 책이 아니라 독자인 내가 주가 되는 경험, 내 이야기를 풀어내는 데 책은 곁다리로만 활용해도 무방하다는 허용적 분위기는 독서와 독후 활동의 당위성에 짓눌린 아이들에게 적잖은 해방감도 줄 것이다.

'독후감 없는 책 읽기' 수업은 그때가 처음이자 마지막이었다. 방과 후 수업이 자율화되고 최소화되면서 아이들은 정규 수업 직후 학원이다, 과외다 해서 뿔뿔이 흩어져 버렸다. 정규 수업 때는 평가가 얽이다 보니 어떻게든 결과물을 남겨야 했다. 함께 책을 읽은 후 토의·토론을 거쳐 글을 써내는 일련의 과정은 국어과의 핵심 평가 방법이니까. 평가의 타당성, 공정성 확보를 위해 책 선정부터 토의·토론 주제, 세부 평가 지침에 이르기까지 치밀한 계획 수립은 필수였다. 목표 지향적인 독서 수업을 빡빡한 일정에 맞춰 쉼 없이 해 나갈 때면 가끔 그 수업이 그립다. 그냥 각자의 속도대로 각자의 취향대로 부담 없이 책을 읽던 그 시간들이. 의무나 평가에 얽매이지 않고 아이들의 내밀한 속내를 들여다볼 수 있었던 그 시간들이.

문제 풀이의
늪에서
벗어나려면

두 해 전, 고3 담임을 하면서 독서 과목 수업을 맡았다. 과목명은 '독서'지만 입시를 앞두고 한가롭게 독서나 하고 있을 수는 없는 노릇. 사실상 3학년에 편성된 독서 과목은 수능 국어의 비문학 영역을 대비하기 위함이나 다름없다. 교과서는 두말할 것 없이 공식 수능 연계 교재인 EBS 수능 특강과 수능 완성. 1년 내내 비문학 지문 분석과 문제 풀이 수업을 하자니 종종 신물이 올라왔다. '내가 하는 수업이 과연 독서 교과의 교육 목표 달성에 기여하는가?'라는 고민은 둘째 치고, 교재 속 지문의 내용과 난이도 때문에 수업 준비 단계에서부터 자주 애를 먹었다. 그렇다고 과감하게 다른 교재나 다른 수업 방식을 택하기에는 고민도 확신도 부족했다.

수능 국어의 비문학 영역이 매년 높은 난도로 출제되는 상황 속에서 교재에도 난해한 지문이 더러 실려 있었는데, 그 때문에 국어 교사의 정체성에 혼란이 오기도 했다. 특히 과학이나 경제 지문의 경우 내용과 관련된 설명을 덧붙일 때면 내가 국어 교사인지 과학 교사인지 사회 교사인지 헷갈릴 정도였다. 양자역학에 대한 지문이 나왔을 땐 이해를 돕기 위해 관련 방송 영상을 편집해서 보여 주기도 하고, 금리, 채권, 환율의 상관관계에 대한 지문은 담당 교과 선생님의 도움을 받기도 했다. 물론 문맥이나 문제의 선지 등을 활용하여 눈치껏 정보를 찾고 진위를 가리는 정도로만 풀이한다면야 크게 고심할 이유는 없었다. 하지만 지문 속 개념이나 내용에 대한 설명을 대강 얼버무리고 넘어가자니 그야말로 문제 풀이 요령이나 전수하는 수업이 될 것 같아 영 마뜩잖았다. 정체성의 혼란을 느끼면서도 꾸역꾸역 지문을 분석했다.

최근 수능에 출제된 고난도 비문학 문제를 풀어 봐도 이렇게까지 어려울 일인가 싶었다. 실로 변별을 위한 문제로밖에 보이지 않는 것들도 있었다. '내가 수험생이고 시험장에서 이런 문제를 만났다면 어땠을까.' 하는 상상에 절로 아찔해졌다. 맞든 틀리든 끝까지 침착하게 문제를 풀어낸 아이들이 새삼 대단해 보였다. 지문의 내용이 너무 전문적이어서, 독해력도 독해력이지만 배경지식 싸움이 돼 버리겠다는 생각이 들었다.

사정이 이렇다 보니 갈수록 '국포자'(국어를 포기한 자)가 늘어 간다. 고3이 되면 단기간에 성적 향상이 어려운 국·영·수 대신 사회나 과학 같은 탐구 과목에 매진하는 학생들이 많아지는데, 근래에는 그 수가 부쩍 더 많게 느껴진다. 교사인 나조차도 내 수업이 학생들의 독해력 향상에 도움이 될 거라는 확신이 없으니, 수업 중에 자꾸만 맥이 빠졌다. 범접하기도 힘든 지문 앞에서 아이들의 한숨이 깊어질 때면 "너무 어려워 보이는 지문은 일단 건너뛰고 다른 지문부터 풀어 봐."라는 말을 전략이랍시고 내밀 뿐.

현행 수능 국어의 비문학 난이도는 실제 학교 현장에서 실감하는 아이들의 문해력 수준과는 한참 동떨어져 있다. 문자 매체보다는 전자기기와 영상 미디어가 더 익숙한 세대들인 만큼 긴 글만 봐도 거부감을 느끼는 아이들이 많다. 한두 시간짜리 영화마저도 웬만큼 자극적인 소재가 아니고서는 지루해한다. 하물며 글에 있어서야 단행본은 물론이고 단편 소설조차도 한 호흡에 읽지 못하는 아이들이 수두룩한 상황. 그런데 수능 국어는 날로 까다로워지니 지레 나가떨어지는 아이들이 늘어난다. 혹은 간극을 극복한다는 명분으로 사교육이 더더욱 기승을 부리거나. 상위권 싸움에서 1, 2점이라도 더 받으려면 고등학교 교육과정 수준을 넘어서는 고난도 지문에까지 손을 뻗칠 수밖에 없는 것이다.

그해에 의대 진학을 목표로 하는 상위권 학생이 하나 있었다. 하루는 보고 있는 책이 조금 달라 보이기에 슬쩍 물어봤더니 로스쿨 입학시험인 법학적성시험(LEET) 기출 문제라는 것이었다.

이렇게까지 할 일인가 싶었는데, 2022학년도 수능에 출제된 헤겔의 변증법 관련 문제가 실제 법학적성시험 기출 문제와 유사하다는 지적이 나오는 걸 보면서 뜨악하지 않을 수 없었다. 속도와 정확성을 기반으로 하는 독해력은 기본이고 각종 배경지식까지 겸비해야 고득점을 노릴 수 있다면, 학생 간 학습 격차는 더욱 벌어질 게 불 보듯 뻔하다. 애초에 그런 문제들이 변별력을 높이기 위함이었다면 목적을 달성했다는 점에서 박수라도 보내야 하는 건가. 변별력과 객관성의 전쟁이라는 현실적 여건 속에서 현행 수능 국어의 모습은 정녕 최선이라고밖에 할 수 없는 걸까. 비문학 문제의 난도가 기형적으로 높아진 상황은 단순히 난이도 조절의 실패인가, 현행 수능 체제의 한계를 드러내는 방증인가.

최근에 발표된 입시 관련 계획 중에 개인적으로 가장 아쉬웠던 것 하나가 2024학년도부터 자기소개서가 전면 폐지된다는 소식이었다. 학생부와 달리 작성의 주체가 수험생 본인이라는 점에서 허위 사실 기재, 대리 작성 등 신빙성 논란이 꾸준히 있어 왔다. 자기소개서 작성을 지도하며 겪었던 고충을 생각하면 일면 반가운 소식이기도 했으나, 그만큼 미련과 서운함이 앞섰다. 원취지에 충실한 자기소개서 작성이야말로 국어 교육의 궁극적인 목적을 달성하는 좋은 방편 같았기 때문이다. 문항에서 요구하는 바에 따라 자신의 학교생활을 성찰하고 유의미한 활동을 추출하여, 배운 점과 변화된 점을 조리 있게 표현하고 다듬는 일련의 과정이 핵심 국어 능력의 총체라는 생각이 들었다. 사실 국어 과목의 학업 성적이 우수한 학생들도 자기소개서 초안이라고 들고 온 글을 보면 형편없는 경우가 더 많았다. 수행한 활동들을 단순히 나열하거나 유의미한 성장 과정을 설득력 있게 제시하지 못하는 내용적 부실함도 문제였지만, 기본적인 문장 호응조차도 틀리는 경우가 허다했다. 피드백과 고쳐쓰기 단계를 수없이 반복하며 점점 완성도 있는 자기소개서가 만들어지는 동안, 이상적인 국어과 평가 방식은 이런 게 아닐까 하는 생각이 들었다.

유네스코는 문해력을 '다양한 내용의 글을 이해·해석·창작할 수 있는 힘'으로 정의했다. 온 나라가 문해력으로 떠들썩한 와중에도 주된 초점은 글을 이해하고 해석하는 힘에 맞춰져 있다. 수능 국어만 해도 온통 읽고 푸는 문제들로만 구성되어 있으니까. 문학이든 비문학이든 측정하고자 하는 국어 능력이 모두 이해력, 분석력, 추리력에만 제한되어 있는 셈이다.

문해력의 정의에서도 알 수 있듯이, 국어 교육의 최종·최고 단계는 글쓰기가 되어야 한다. 주어진 글을 정확하고 빠르게 해석하는 능력을 선다형으로만 측정하는 현행 수능 국어는 반쪽짜리 평가다. 거기에 변별을 위하여 과도하게 어려운 지문과 문제를 함정처럼 끼워 넣는대서야 공교육에서의 국어 교육을 파행으로 이끌 수밖에 없다. 정답이 따로 없이 자기 생각과 의견을 효과적으로 개진하는 형태의 논술형 평가를 채점의 어려움과 공정성을 문제 삼아 계속 유보하기만 한다면 아이들, 나아가 이 나라 국민의 문해력은 계속 제자리걸음일 것이다.

고3 독서 수업도 읽고 토론하고 글 쓰는 수업이 되기를 희망한다. 4~5개의 선다형 문제를 뽑아내기 위해 윤문을 거듭한 EBS 교재 속 지문 말고, 총체적 국어 능력을 골고루 자극할 수 있는 다양한 제재를 교재 삼아 진짜 독서 수업다운 독서 수업을 해 보고 싶다. 고3 수업을 발목 잡고 있는 현행 수능 체제가 전면적으로 바뀌지 않는 이상 획기적인 변화는 어렵겠지만, 또다시 고3 수업을 해야 한다면 1년 내내 EBS 교재 문제 풀이에만 매달리지는 않을 것이다. 적어도 국어 교사의 정체성에 더 이상 혼란을 느끼지 않으려면.

그때가
좋을 때라고요?

"그때가 좋을 때야."

무심코 뱉은 말에 나 자신도 놀랐다. 고등학교 시절 피곤에 찌든 우리를 보며 같은 말을 하던 선생님을 지독히 싫어한 나였다. 앞날에 대한 불안감과 조바심으로 가뜩이나 날 선 마음에 그런 말이 귀에 들어올 리 만무했다. 인생 선배랍시고 우릴 애송이 취급하는 느낌이 들어 영 아니꼬웠다. 웅녀 이야기를 성공담으로 들먹이며 조금만 참으면 곧 인간다운 삶을 살 수 있다고 이죽거릴 때는 언제고, 지금이 가장 좋을 때라니…. '나는 나중에 저런 말 절대 안 해야지.' 하고 다짐했던 게 무색하게도 십수 년 후 나는 선생의 위치에서 아이들에게 같은 말을 해 버렸다. 학교를 벗어나면 더욱 치열하고 냉혹한 현실을 마주하게 될 거라는 안타까움에서 비롯된 말이긴 했지만, 변명의 여지가 없는 꼰대의 언어였다.

나는 그 시절을 어떻게 견뎠나, 왜 그렇게 열심히 공부했었

나. '학생의 본분은 공부'라는 구호에 세뇌되어 순치된 인간으로 길러진 나는 다른 세상에 눈 돌릴 재간도 배짱도 없었다. 빠듯한 집안 살림과 좁은 견문에, 나의 안정된 미래를 보장할 방편으로 공부 외에 다른 것은 딱히 떠오르지 않았다. 다행히 노력 대비 산출 결과가 나쁘지 않아서 나름의 성취감 같은 걸로 한 시절을 버텼다.

내신이나 수능 등급을 높이기 위한 입시 공부에 무슨 재미가 있으랴. 그나마 성취감이라도 느껴야 공부할 의지가 생길 텐데 그렇지 못한 대다수 아이에게는 그마저도 요원한 일이다. 그렇다고 "하고 싶은 대로 하고 살아."라고 하기엔 무책임한 조언이 될까 두려웠다. 공부 외에도 다양한 길이 존재하지만 내가 가진 경험치의 부족은 그 다양성을 열어 주는 데 한계가 됐다. 사회가 요구하는 모범적인 삶을 살아온 교사 집단에게, 순종을 거부하고 틈만 나면 어긋나려는 아이들은 비정상의 범주에 속하기 일쑤였다. 제각기 펄떡이는 욕망을 가진 아이들을 배제와 소외 없이 품기엔, 학교라는 공간은 너무나 좁고 보수적이었다.

학교 현장의 여러 한계를 마주한 지 십 년이 다 되어 가던 즈음에 나는 자꾸만 학교 밖을 기웃거렸다. 그러다 SNS에서 '메마뮤(Make my music)'라고 하는 자작곡 워크숍 홍보 글을 보고 덜컥 신청해 버렸다. 악보도 볼 줄 모르고 악기 하나 제대로 다루는 게 없지만, 호기심 하나로 덤빈 일이었다. 직접 지은 가사에 전문 음악인들의 도움을 받아 곡을 붙이고, 지인들을 초대하여 소규모 공연까지 열었다. 생소한 작업이 주는 경이로움은 둘째 치고, 각양각색의 배경을 가진 사람들과의 만남은 그간 내가 동질 집단에서 얼마나 안이하게 살았는지를 깨닫게 했다.

특히 워크숍 운영자들의 이력이 인상적이었는데, 그들은 모두 한마디로 정의할 수 없는 복합적인 정체성을 가지고 있었다. 모임 공간을 관리하고 프로그램 홍보 및 보조 진행을 맡았던 J는 '커뮤니티 매니저'로서의 삶을 기록한 책 출간을 앞두고 있었다. 싱어송라이터 N은 각지를 돌며 크고 작은 공연을 열고, 책에서 받은 영감을 토대로 만든 자작곡들을 한 라디오 프로그램에서 꾸준히 소개하는 중이었다. 피아노를 전공한 B는 공연과 전시를 위한 복합 예술 공간을 운영하며 각종 예술 교육 활동에 열심이었다. 내가 모르는 그들만의 고충이 필시 있을 테지만, 하고 싶은 일, 좋아하는 일을 하는 사람에게서 뿜어져 나오는 에너지가 고스란히 느껴졌다. 취미와 재능을 일로 승화하고 경계 없는 관계 형성을 존재 확장의 밑거름으로 삼는 이들이 바로 거기에 있었다. 그들을 보면서 생각했다. 내가 교사가 된 것은 부모의 요구와 사회적 통념을 의심 없이 수용한 내 인식의 한계 내에서 이루어진, 최선의 혹은 가장 안전한 타협이었을지도 모른다고.

고3 담임을 하던 해, 진학 업무를 맡아 대학별 방문 입시 설명회를 주관했다. 대부분 학생 유치를 목적으로 입시 요강 및 전략을 안내하고, 취업률과 관련하여 각 대학이 가진 경쟁력을 전시하는 자리였다. 지방 대학의 존폐 위기 앞에서 어떻게든 살아남으려는 대학과 자신의 교환가치를 수시로 가늠하며 치열한 눈치 싸움을 해야 하는 아이들의 서글픈 회동이었다.

물론 이런 형식의 설명회가 아주 무용한 것은 아니지만 아이들에게 정작 필요한 것은 따로 있다는 생각이 들었다. 내가 '메마뮤'에서 만난 J와 N와 B처럼 삶의 다양한 가능성을 자기 삶으로 증명해 보이는 이들을 학교로 한 번쯤 초대했다면 어땠을까. 자신의 관심사와 재능에 기반하여 새로운 일을 기획하고 실천하는 과정, 세간의 평가나 기성세대의 우려에 휘둘리지 않으면서 본인의 삶을 지켜 내는 과정, 그리고 그 과정에서 겪는 실제적인 갈등과 어려움에 관해 허심탄회하게 이야기를 나누는 기회가 있었다면, 아이들은 또 다른 선택을 할 수도 있지 않았을까.

아이들이 커 가는 과정에서 가장 오랜 시간 마주하는 어른집단이 교사들이라는 것에 깊은 책임을 느낀다. 제각기 다른 방향으로 튀어 오르는 탱탱볼 같은 아이들, 그들을 하나하나 진심으로 환대하려면 다채로운 이력과 가치관을 가진 교사들이 학교를 지키고 있어야겠지만 현실은 그렇지 않다. '모범적'이라는 말을 이용해 아이들을 틀 안에 가두려 하고 있는 건 아닐는지. 이런 저런 한계 안에서나마 아이들에게 좋은 멘토가 되어 주고 싶다. "그때가 좋을 때다."라는 말 대신, 현실을 기만하고 너와 나를 단절하고 스스로 깨달을 기회를 박탈하고 함부로 단정하는 말 대신, 나는 아이들에게 어떤 이야기부터 해 줘야 할까.

모두 병들었는데
아무도 아프지 않았다[*]

학교 앞 골목길에 막 접어들었을 때였다. 윤이 보였다. 새것 같이 하얀 운동화에 텅텅 빈 듯한 가방을 한껏 올려 매고 특유의 꼿꼿한 자세로 앞만 바라본 채 걷고 있었다. 주위에 아이들이 여럿 있었다면 그냥 지나쳤을 것이다. 다소 이른 시간이어서 그랬는지 마침 윤 혼자였다. 잠깐 망설이다가 차창을 내리고 물었다.

"윤아, 탈래?"

윤은 순간 내 얼굴을 보는 것 같더니 대답도 하지 않고 고개 돌려 제 갈 길을 갔다. 무안했다. 다른 아이라면 으레 탔을 것이다. 학교는 산 중턱에 있고 날은 더워지고 있었다. "불편한가 보다. 괜한 오지랖 떨었군." 혼자 중얼대며 다시 차를 몰았다.

윤은 외딴섬 같은 아이였다. 연결된 다리도, 오가는 배도 없는. 외로워 보이기도 하고 그렇지 않기도 했다. 윤을 바라보는 내

---

[*] 이성복의 「그날」 중에서

마음이 외로운 거지, 윤이 진짜로 외로운지 아닌지는 알 길이 없었다. 방자한 웃음소리와 욕지거리, 차라리 괴성에 가깝다고 할 노랫소리 등으로 순식간에 귀가 얼얼해지는 쉬는 시간에도, 윤은 주변을 음소거 처리한 듯 앉아 있었다. 자신을 향한 농담에는 잠깐 희미하게 웃을 뿐 평정인지 무심인지 모를 원래의 상태로 재빨리 복귀했다. 말을 걸기 전에는 먼저 말하는 법이 없었는데, 그 대답이라는 것마저도 한 박자 늦은 단답형에 그치곤 했다.

대화가 이어지지 않는 경우가 반복되면서 아이들도 차츰 윤과 친해지려는 수고를 군이 하려 들지 않았다. 도통 속을 알 수 없는 아이, 원래 그런 아이라는 주변의 인식은 윤을 외롭게 했을까, 편하게 했을까. 나서서 윤을 소외시키는 이도, 품으려는 이도 없었다. 지각하는 법 없고 아프다고 조퇴시켜 달란 적 없고 수업 중에도 있는 듯 없는 듯 앉아 있던 윤은 그 어떤 말썽도 일으키지 않았으므로, 교사의 관심이 시급하게 필요한 몇몇 요주의 인물에게 늘 상담의 우선순위를 빼앗겼다.

2년간 '옆 반의 특이한 애' 정도로 치부해 오던 윤이었다. 수업 시간에 윤을 마주할 때마다 내심 걱정스러웠으나 눈에서 멀어지면 또 그만이었다. 해묵은 우려를 품은 채 졸업을 앞둔 마지막 해에 윤의 담임이 되었다. 담당 학급 명단에서 윤의 이름을 발견한 순간, 어쩐지 가슴이 철렁했다. 올 게 왔다는 느낌. 지난해 담임에게 윤에 대해 이것저것 물어보았으나 돌아온 대답은 그간 내가 살핀 바와 크게 다르지 않았다. 그를 면밀히 관찰할 명분을 등에 업고 얄궂은 사명감을 불태우며 윤과의 거리를 좁힐 기회를 노렸다. 섣불리 다가갔다간 또 무안해질 일이 생길 것 같아서였다.

그러던 어느 날 윤의 뒷모습을 보았다. 모두가 식당으로 향한 점심시간, 아무도 없는 불 꺼진 교실에 윤 혼자 오도카니 앉아 있었다. 시선은 칠판에 꽂은 채 흐트러짐 없는 자세로 그냥 가만히 앉아만 있었다.

"윤아, 뭐 하고 있니? 밥 먹으러 안 가?"

순간 벌떡 일어난 윤은 또 아무런 대답도 없이 내 곁을 지나치더니 식당 쪽으로 발걸음을 옮겼다. 뭘 하고 있었던 걸까, 무슨 생각을 하는 거지. 도통 알 수 없는 행동에 절로 고개가 갸웃했다. 저대로 둘 일이 아니야, 나는 걱정스레 되뇌었다.

며칠 뒤 어렵게 윤과 마주 앉았다. 저에게만 뜬금없이 상담을 통지하면 불편해할까 봐 학기 초 전수 상담이라는 명목하에 윤의 차례가 돌아오길 기다리던 터였다. 오늘 컨디션은 어떠니, 점심은 맛있게 먹었니, 학기 초라 힘들지, 이런저런 잡담으로 변죽을 올리다가 훅하고 정공을 가했다.

"너 그때 왜 내 차 안 탔어?"

윤의 눈빛이 흔들렸다. 불편해서요, 라는 대답이라도 듣고 싶었으나 역시나 침묵으로 대응했다. 돌려 말해봐야 나만 입 아프겠다 싶어서 작정하고 거듭 잽을 날렸다.

"너 지금 무지 불편하지? 미안해, 네가 불편해한다 해도 앞으로 이런 자리는 자주 있을 것 같아. 널 좀 더 알아야겠어. 난 네가 너무 궁금하거든."

어차피 이렇다 할 반응을 기대한 것도 아니었고, 별다른 계획도 없었다. 그건 고작 우리의 첫 만남이었으니까. 의심의 여지 없는 장기전이었다. 거북하고 괴로워도 누군가와 마주 앉아 눈빛을 교류하는 시간이 윤에게 꼭 필요할 것 같았다.

그간 학부모 상담 내공이 그럭저럭 쌓인 나였지만, 내가 먼저 전화를 거는 데는 매번 적잖은 용기가 필요했다. 좋은 소식을 전하기 위함이 아니라면 웬만해선 학부모 상담은 피하고 싶었다. 집이 아닌 다른 곳에서의 자식의 모습, 더군다나 십 대 아들의 학교생활은 부모에게 완전한 미지의 영역이었다. 그 덕에 자식에 대한 온갖 환상과 오해로 무장한 부모들이 때때로 날 곤혹스럽게 했다.

이번에도 그럴까, 윤의 부모는 윤을 어떻게 생각하고 있을까. 부모라고 하면서도 상담 전화는 으레 아이의 어머니에게 먼저 걸게 된다. 자식에 대한 타인—더군다나 담임 교사—의 짙은 우려를 접하는 일은 엄마의 가슴을 얼마나 철렁하게 할 것인가. 여러 번에 걸쳐 지극히 조심스레 당신 아들의 학교생활을 브리핑했다.

"윤이 어렸을 때 남편의 외도가 있었어요. 그맘때 제가 집에서 자주 울었죠. 윤이 그걸 종종 봤고요. 저와 남편 사이의 일에 대해서 윤에게 직접적으로 이야기한 적은 없어요. 그래도 아마 대충은 알고 있을 거예요. 헤어져야지, 헤어져야지 하면서도 여태 헤어지지 못하고 그냥 살고 있네요."

예상치 못한 그녀의 고백에 나는 주춤했다. 그녀는 끝내 울먹였다. 수화기 너머의 그녀와 어린 날의 윤을 꼭 안아 주고 싶다는 충동을 억누르며, 어떻게 반응해야 좋을지 머리를 굴리느라 나는 꽤 진땀을 뺐다.

나도 엄마의 눈물을 속수무책으로 마주한 적이 있었다. 어떤 이유에서인지 정확히 모르지만, 그날 엄마는 내 앞에서 울었다. 조용히 눈물을 훔치는 정도가 아니었다. 엄마가 울다니, 저리 무너져서 울다니, 어린 나에게는 엄청난 충격이었다. 엄마가 운다는 사실보다도 엄마가 울 수 있는 사람이었다는 것에 더 놀랐다. 나만의 원더우먼이 영원히 사라진 느낌이랄까. 묘한 배신감마저 들었다. 거대한 슬픔의 정체를 헤아리기에 나는 너무 어렸고, 저리 울다가 내 엄마인 것마저 포기하고 영영 떠나 버리는 것은 아닌지, 그게 두려워서 나도 같이 울었다.

단 한 번의 기억도 이리 생생한데…. 집안을 휘감은 낯선 슬픔과 냉랭한 기운 속에 무방비로 놓인 채 오랜 시간 어리둥절했을 윤의 모습이 그려진다. 어머니도 아버지도 그 누구도 해명하지 않았다. 애들은 몰라도 되는 어른의 문제에 가장 크게 영향을 받는 이는 애들일지도 모르는데. 언급하기 두려워서 다들 쉬쉬하는 동안 아이는 대화하는 법을 잊어버린 채 살아온 걸까. 문득 이성복 시인의 「그날」 속 "모두 병들었는데 아무도 아프지 않았다."라는 시구가 떠올랐다.

나는 윤의 입에서 아픔에 관한 말이 나오게 해야겠다고 생각했다.

씨앗을 심는
마음으로

내가 알아채지 못했을 뿐, 윤에게도 친구가 하나쯤은 있지 않을까. 내가 보고 짐작한 바가 윤의 전부일 리 없다는 생각에 조심스레 말을 건넸다.

"윤아, 네게 친한 친구가 있니? 꼭 학교 친구가 아니어도 좋아. 나이나 성별 이런 거 상관없이 말이야."

윤은 내 눈을 똑바로 바라보았다. 어떤 감정도 읽히지 않는 눈이었다.

"…친한 친구란 어떤 거죠?"

당황했지만 반가웠다. 예, 아니오 식의 건조한 대답이 아니라 주저함이 느껴지는 질문이었으니까.

"음…. 친한 친구에겐 기쁨이든 슬픔이든 두려움이든 후회든 그냥 막 털어놓게 돼. 내가 어떻게 비칠까 하는 계산 따윈 하지 않고서 말이야."

"…그런 거라면, 없습니다."

"그렇구나…."

"……."

"외롭지 않니? 내가 너였다면 외로울 것 같은데."

"……."

"뭐랄까, 나는 네가 외롭지 않은 게 아니라, 외로움에 무감해진 게 아닐까 하는 생각이 들어."

윤은 웃었다. 일종의 실소였다. '오버하고 있네.'라고 말하는 듯해서 나는 순간 움찔했다.

"내가 오해하고 있는 거니?"

윤은 다시 입을 닫았다. 침묵의 시간을 견디지 못하고 나는 좀 더 주절거렸다. 내가 뭔가 실수한 걸까. 해명되지 못한 윤의 웃음이 날 오랫동안 불편하게 했다.

막막한 마음에 교내에 상주하시는 전문 상담 선생님께 자초지종을 알리고 도움을 구했다. 윤을 상담실에 데려가고 싶었지만 그러지 못했다. 넌지시 제안했지만 역시나 요지부동이었다.

"사회적 고립 상태인 것 같아요. 자발적으로 자신을 외부와 차단하는 거죠. 선생님 혼자 해결하실 수 있는 일이 아니에요. 부모의 적극적인 의지와 개입, 협조가 있어야만 가능합니다. 가정에서 촉발된 문제로 보이니까요. 어머님께 전문 상담을 권유해 보세요."

아이의 담임 교사라고는 하지만, 개인적 친분이 없는 이에게 내밀한 가정사와 오래 묵혀 온 아픔을 털어놓기가 어디 쉬운 일인가. 아이의 선생이기에 더욱 어려운 일일 수도 있겠다 싶었다. 윤의 어머니가 나에게 깊은 속내를 드러낸 것은 아이에 대한 걱정이 개인사를 공유하기 싫은 마음보다 더 절실하기 때문이겠지.

"곧잘 웃고 말도 재잘재잘 잘했었어요. 개그맨이 되고 싶다고 말한 적도 있었죠. 지금은 자기 방에만 틀어박혀 있지만. 같이 살아도 각자 사는 것과 다름없어요."

그녀는 줄곧 남편에 대한 원망과 자책 사이를 오갔다. 물론 어른들의 잘못이었지만 결코 그녀만을 탓할 수는 없는 문제였다. 어떠한 상황에서도 부모는 아이의 울타리이자 본보기여야 한다는 건 환상일지도 모르니까. 부모의 도리라는 윤리적 잣대에 비해 한 인간이 겪는 아픔과 고통은 너무나 구체적이고 생생하니까. 엄마가 돼서 왜 어린아이 앞에서 자주 울었느냐고 책망할 게 아니라, 왜 울 수밖에 없었는지를 묻고 경청할 존재가 필요하겠다는 생각이 들었다. 자신을 돌보는 사람이 타인도 돌볼 수 있을 것이므로. 본인의 슬픔을 감당하기에도 벅찬 사람에게 어찌 타인에 대한 배려를 기대할 것인가.

윤의 어머니에게 홀로 먼저 상담을 받아보는 것이 어떻겠냐고 제안했다. 그녀가 끝내 어떤 선택을 할지는 내 영역 밖의 일이지만, 적어도 지금보다는 조금 더 그녀가 자신을 돌볼 수 있게 되기를 바라면서.

다시 윤과 마주 앉았다.

"어머니랑 통화했어. 가족에 대한 이야기를 조금 해 주시더라. 불쾌하니?"

"……."

"너를 좀 더 알고 싶은 마음에서 그랬으니 이해해 줘."

"……."

"어머니는 너를 생각해서라고 하셨지만, 네 입장에서는 어땠어? 차라리 두 분이 이혼하셨으면 좋겠다고 생각해 본 적 있니?"

"그건 아니에요."

뜻밖에도 윤은 꽤 빠르게 그리고 분명히 대답했다. '냉랭하고 경직된 집안 분위기가 오히려 윤을 더 힘들게 한 건 아니었을까.'라고 내심 짐작하던 차였다. 어머니는 윤에게 한 번도 속 깊은 이야기를 털어놓은 적이 없다고 했지만, 윤은 느끼고 있었을 것이다. 아버지에 대한 어머니의 원망, 신뢰를 상실한 관계의 위태로움에 대해. 아이는 어리다는 이유로 가족의 문제에서 소외됐지만, 그로 인한 아픔을 감당하며 살아야 하는 주체 중 하나였다. 누군가의 보살핌을 받아야만 살 수 있는 연약한 존재에게, 버려질지도 모른다는 두려움은 얼마나 절박하게 다가왔을 것인가. 존재론적 불안과 관계의 가난 속에서 점점 말을 잃어 가는 아이의 모습이 떠올라 가슴이 먹먹해졌다.

끝내 윤의 아버지와는 통화하지 못했다. 가족 문제에 제삼자가 깊이 개입하는 일에는 상당한 전문성이 필요할 것 같았고, 무엇보다 나는 두려웠다. 불쑥 나타나 가정사를 들먹이며 아들을 염려하는 담임 교사의 존재는 그에게 어떻게 다가올 것인가. 그에겐 또 어떤 사연이 있으며, 나는 어디까지 알아야 하는 걸까. 당사자들이 오랫동안 묵혀 온 문제를 제삼자가 섣불리 들쑤셔서 더 큰 갈등을 불러오진 않을까.

아버지를 향한 원망이 윤의 마음에 내재해 있고, 어머니 혼자만의 노력으로 해결할 수 있는 문제가 아님을 잘 알면서도 나는 끝내 망설이기만 했다. 어머니에게 알린 윤의 문제가 아버지에게도 전해져야 하고 아들의 오랜 외로움을 부부가 함께 응시해야 할 때이지만, 나는 결국 적당히 타협하고 말았다. 윤을 그대로 두는 것은 게으른 외면이라고, 주제넘은 경고라도 했다면, 만약 그랬다면 뭔가 달라졌을까.

입시 상담과 각종 공문 처리, 수업 준비 등으로 허덕이던 일상에서 당초 계획만큼 윤과 자주 대화를 나누지는 못했다. 윤은 여전히 혼자였다. 간간이 이어지던 상담에서도 그동안 힘들고 외로웠다는 식의 고백은 고사하고 자기 감정을 드러내는 데도 서툴렀다. 사려 깊은 돌봄이 있는 곳에서 기대며 살아가는 경험을 해보지 못한 아이에게, 사람들과의 어울림을 통해 배울 수 있는 것이 얼마나 무한한지 말로는 다 전할 수가 없었다. 무언의 눈맞춤과 토닥임 정도로 '나는 늘 너를 관심 있게 보고 있단다.' 하는 마음을 종종 표현할 뿐이었다. 외로움에 취약한 나라는 인간의 방식대로 윤의 외로움을 조금이라도 위무하고 싶었다.

"타인과 긍정적인 관계를 형성해 본 경험이 없거나 너무 오래 전이었다는 게 문제예요. 선생님께서 그 역할을 해 주세요. 따뜻한 관심과 정서적 지지를 받아 본 경험은 윤의 기억 속에 분명히 남을 거예요. 지금 당장은 아니더라도, 언젠가는 윤을 변화시킬 수 있을 겁니다."

윤의 이렇다 할 변화도 어머니의 적극적인 협조도 없는 상황에서 점점 지쳐 가던 나에게 상담 선생님께서 해 주신 말씀은 큰 위안이 되었다. 도리어 내가 너무 큰 변화를 바랐던 건 아닌지, 내가 뭔가 극적인 역할을 할 수 있으리라는 오만을 부렸던 건 아닌지 돌아보게 됐다.

어머니의 눈물과 아버지의 무심함을 헤아리기까지, 길었던 고립의 시간을 허물기까지 얼마나 많은 이야기가 필요할 것인가. 그건 오롯이 그들의 몫이다. 모든 가족에겐 복잡다단한 관계의 얽힘이 존재하고 고유한 사정 속에서 구성원 각자가 짊어져야 할 불가피한 몫이란 게 있으니까.

삶의 생생한 관계 속에서 서로를 걱정하고 기웃거리는 마음, 관계의 풍요로움 속에서 존재가 확장되는 경험 같은 것들이 윤과 함께하기를. 지금 당장은 아니더라도 언젠가는. 서툴렀지만 진심이었던, 나의 관심과 염려가 윤의 마음속에서 작은 씨앗이라도 되면 좋겠다. 얼어붙고 쪼그라들었던 그의 마음속에 작은 틈이라도 벌릴 수 있도록.

말해 줘서
고마워

Y로부터 연락이 온 건 졸업한 지 6년 만이었다. 안 그래도 어떻게 지내나 간간이 궁금하던 차였다. 매년 이백 명이 넘는 아이들을 십수 년간 만나다 보면 이름만 들어서는 선뜻 떠오르지 않는 아이들이 다수다. 하지만 Y는 잘 잊히지 않던 아이들 중 하나였다. 반장이다 학생회 간부다 요직을 맡아 하고, 축제 때 댄스 공연을 주도하기도 하고, 자기 생각을 말과 글로 옮기는 솜씨가 뛰어난 아이였다. 타지에 있는 대학교로 진학한 후에는 별다른 소식을 들을 수 없었는데, 이렇게 먼저 연락을 주니 고마울 따름이었다. 흔쾌히 응했다.

오랜만에 만난 Y는 변함없이 다부진 인상이었다. 함께 밥을 먹고 차를 마시며 그간 살아온 이야기를 나누던 중에 놀라운 소식 하나를 전했다. 투고를 통해 한 출판사와 출간 계약을 하게 되었고 현재 원고를 재작성하는 중이라는 것. 학창 시절에도 작가가 되고 싶다는 말을 종종 하던 Y였기에 더없이 축하할 일이었다.

"주제는 가난이에요. 가난 속에서 성장해 온 한 청년의 사실적인 기록물인 셈이죠."

가난이라니. Y에 대한 기억을 새삼 더듬었다. Y의 아버지는 시각 장애인이었다. 학교 근처의 공공 임대 아파트에서 살았던 것, 기초 생활 수급자라 학비와 급식비를 비롯한 교육비 일체를 지원받았던 것 등이 차례로 떠올랐다. 그때나 지금이나 내가 아는 건 거기까지였다. 본인이 먼저 자세히 터놓지 않는 이상 더 깊이 캐물을 수도 없는 일이었다. 한창 예민할 나이였으니까. 그런 파편적인 정보들로 Y를 섣불리 동정하고 싶지 않았다. 다만 막연히 품고 있던 생각들. 어려운 환경이지만 잘 자랐구나, 기특하고 대견하다, 역시 고통은 성장의 동력원인가….

Y가 글 한 편을 보여 주었다. 글에는 아버지의 죽음에 대한 이야기가 담겨 있었다. Y가 태어나고 얼마 되지 않아 아버지는 교통사고로 시각 장애인이 되었다. 자신의 처지를 비관한 아버지는 그 후 알코올 중독자, 우울증 환자가 됐고 술 좀 그만 마시라고 말하는 어린 Y에게 소주병을 던지기도 했다. 수시로 난동을 부리고 경찰서를 들락날락하는 아버지를 원망하던 Y는 집에서 벗어나고자 타지 대학에 진학했다. 이후 어머니마저도 더 이상의 동거를 거부하며 집을 나가자 작은 집에는 아버지만 남겨졌다. 알코올중독치료병원에 들어가기를 거부하던 아버지는 결국 Y의

방에서 번개탄을 피워 자살로 생을 마감했다.

모든 기억이 상흔이었다. 토해내듯 뱉어낸 삶의 단면들은 갓 쪼개진 유리 파편처럼 거칠고 날카로웠다. 길지 않은 글이었지만 Y가 통과해 온 삶의 순간들이 빼곡히 들어차 있었다. 빠르게 훑어 내리기 미안한 글이었다. 물밀듯 밀려드는 한 생애를 감당하느라 자주 멈칫하며 아주 오랜 시간 글을 읽었다.

Y에게 물었다. "여태껏 너를 지탱해 온 힘은 뭐니." "글쎄요. 자존심인 것 같아요." 피할 수 없었던, 결코 스스로 선택하지 않았던 불우한 삶의 조건들 속에서 자신과 타인에게 인정받고자 분투하는 한 인간을 떠올렸다. 막연히 고통은 성장의 동력원이라 여겼던 내가 부끄러워졌다. Y에게 '젊어서 고생은 사서도 한다.'라는 말은 어떻게 들릴 것인가. 손쉽게 고통의 자산화를 들먹이며 '개천에서 난 용'이 되라고 응원하는 것은 옳은 일인가. 고통의 자산화는 결코 말처럼 쉽지 않고, 개천을 떠난 용은 개천에 남겨진 절대다수의 생명체들과 영영 단절되는 것 같아 어딘지 석연찮았다.

Y는 아버지 장례식을 치르지 않았다. 뼛가루가 된 아버지를 할머니 무덤 옆에 묻은 것이 장례 절차의 전부였다. 지인들에게 아버지의 사인을 차마 말할 수 없어서였다. 있는 그대로 자기를 드러내지 못하고 응당 나누어야 할 슬픔을 혼자서 삭이며 Y는

오랜 시간 죄책감에 시달렸다. 그랬던 Y가 이제는 아버지의 죽음뿐 아니라 제 삶의 면면을 불특정 다수의 대중에게 털어놓으려 하고 있었다. 내가 Y에게 가장 먼저 해 주고 싶은 말은 "말해 줘서 고마워."였다.

고통을 언어화하는 일에는 얼마나 큰 용기가 필요한가. 고통을 직시해야만 말이 되고 글이 되기 때문이다. Y의 기록은 결코 한 개인의 것으로 그치지 않을 것이다. 가난이라는 삶의 조건과 우리 사회의 구조적 문제와 맞닿아 있으므로. 그래서 나는 더욱 온 마음을 다해 응원할 것이다. 무심히 제거되고 배제되어 온 목소리를 Y가 당당히 내어 주기를. 단순히 '개천에서 난 용'이 되어 성공담 제조에 일조하지 말고, 지천으로 널린 개천의 사정을 소상히 알려 주기를. 실제 삶을 동반하지 못한 공허하고 시혜적인 조언들을 곡진하고 예리한 관점에서 조목조목 반박해 주기를.

지난 시간을 찬찬히 응시하고 세상에 목소리를 내기로 한 Y의 용기에 더없는 감사의 마음을 전하며, 나도 그에 힘입어 글을 쓴다. Y가 용기 내어 말하고 쓰는 동안 나도 내내 함께하며 온몸으로 듣고 볼 준비를 해야지. 돌아서는 Y의 뒷모습이 누구보다 당당해 보였다.

영화
〈좋은 사람〉을 보다

"당신은 좋은 사람인가요?"

누군가가 나에게 묻는다면, "글쎄요, 어떤 사람이 좋은 사람인가요?"라고 반문하고 싶다. 단순히 단어의 정확한 뜻을 밝히거나, 질문한 이의 저의를 따져 묻겠다는 의도는 아니다. 정말이지 이때다 싶은 마음으로 함께 이야기를 나누고 싶기 때문이다.

2020년 부산국제영화제에서 〈좋은 사람〉이라는 영화를 보았다. 아이가 있는 아버지이자, 고등학교 교사인 '경석'이라는 인물이 주인공인 것만으로도 선택의 이유는 충분했다. 내 이야기이기도 했으니까.

영화 초반, 경석의 반에서 도난 사건이 일어난다. 모두가 눈을 감은 채 고개를 숙이고 있는 적막한 교실, 경석의 단호한 목소리에는 간절함이 묻어 있다.

"사람은 누구나 실수도 하고 잘못도 저지르며 살아. 중요한 건 자기 잘못을 인정하고 되돌리는 거야. 너희들에게 그 용기만 있다면 몇 번을 실수하고 잘못해도 좋은 사람이 될 수 있어."

정황상 '세익'이라는 학생이 범인으로 짐작되지만, 경석은 섣불리 추궁하지 않는다. 세익에게 먼저 용기 내어 자기 잘못을 시인할 기회를 주려는 것이다. 그러나 기대는 보기 좋게 무너지고, 결국 경석은 돈을 잃은 학생을 따로 불러낸다.

"우리 반에서 일어난 일이니, 담임인 나에게도 책임이 있다. 이거 받아라. 돈은 내가 잃어버린 것으로 하자."

도난 사건은 학급 운영에 있어서 가장 곤란한 상황 중의 하나다. 이전에는 가방 검사며 몸수색도 가능했다지만 요즘은 그런 시대가 아니다. 그런 강제적인 방법은 효과적이지도 못한 데다, 무엇보다 인권 문제 때문에 절대 불가하다. 사실 현장에서 실시간으로 발각된 경우가 아니라면 범인 찾기란 하늘의 별 따기인데, 더 난감한 것은 범인을 찾아도 문제라는 것이다. 낙인으로 인한 교우관계 악화, 따돌림, 학교 부적응 등은 해결이 더욱 어려운 문제들이기 때문이다.

이러지도 저러지도 못하는 상황에서 경석의 선택이 최선이라는 생각이 들었다. 경솔한 판단으로 인한 불필요한 상처를 남기지 않았고, 의심 가는 학생을 포함한 학급 구성원 전체에게 유의미한 훈육의 메시지도 충분히 전달했으므로. 잘못을 저지른 학생에게 교사의 의도가 제대로 전달되었는지의 여부나 사건의 근본적인 해결 여부는 차치하더라도, 경석은 자애롭고 합리적인, 좋은 교사로 보였다.

이후 경석은 일대일 면담에서 자신의 소행이 아님을 주장하는 세익에게 백지와 펜 하나를 남기고 돌아선다.

"이건 너에 대한 의심으로부터 널 지키기 위함이야. 네가 했던 행동과 네가 알고 있는 전부에 대해서 좀 써 줘. 곧 돌아올게."

전처의 부탁으로 어린 딸아이를 하루 돌봐야 했던 경석은 전처의 집에 들렀다가 딸과 함께 다시 학교로 돌아온다. 그러나 백지상태 그대로 마치 시위하듯 앉아 있는 세익에게 결국 경석은 불편한 감정을 드러내고, 세익은 서운함과 원망을 토로한 채 교실을 박차고 나가 버린다. 그 사이 운동장에 세워 뒀던 차에 홀로 남아 있던 딸아이가 사라지고 없자, 경석은 놀란 마음으로 인근 거리를 헤매다 딸의 교통사고 소식을 접한다. 딸의 사고가 세익과 연관되어 있을 거라는 추측으로 새삼 세익에 관해 조사하던 경석은 그동안 미처 몰랐던 사실들을 알게 된다. 세익이 학교에서 누구와도 교류하지 않았다는 것, 본인 스스로 전교생을 따돌리는 셈이라 '전교생'이라는 별명으로 불렸다는 것, 친부모 슬하가 아니라 큰집에서 더부살이하고 있었다는 것. 망연히 창밖을 바라보던 경석의 마음을 나는 어렴풋이 알 것 같았다.

첫 발령지에서 유난히 지각이 잦던 아이가 있었다. 엄하게 다

그치기도 하고, 누차 달래 보기도 했으나 결국 그 습관을 고치지 못하고 헤어졌다. 이듬해 그 아이를 맡은 담임 선생님과 연락할 일이 있었는데, 다행히도 지각 횟수가 현저히 줄었다는 소식을 들었다. 그러면서 조심스레 물어오는 말이, 아이가 이혼 가정에 부모와도 떨어져 할머니와 살고 있던데 혹시 알고 있었느냐는 것이었다. 그때 내가 느낀 감정이 영화 속 경석과 매한가지였을까.

왜 내게는 말해 주지 않았을까, 처음에는 서운한 생각이 앞섰다. 그러다 문득 어쩌면 내가 들으려 하지 않았기 때문일지도 모른다는 생각이 들었다. 형식적인 애정과 친절로 포장된 나의 무심함이 아이의 입을 닫게 했는지도 모른다고. 그저 좋은 교사로 비치고 싶었을 뿐, 진짜 좋은 교사가 되려는 노력은 부족했는지도 모른다고.

"그럴 애 아니야."라고 말하면서도 자신 없어 하던 경석의 얼굴이 떠오른다. 나는 내가 맡은 아이들에 대해서 얼마나 알고 있는 걸까. 아니, 얼마나 알고 싶은 걸까.

"다 믿어주신다고 했잖아요."

원망과 슬픔으로 일그러진 세익의 얼굴에 적어도 거짓은 없다. 도난 사건의 진짜 범인은 따로 있었다. 모든 게 장난에서 비롯된 일임을 알게 된 경석은 수업 중인 교실에 들어가 가해 학생의 뺨을 거칠게 때리고 만다. 절제를 잃은 그의 충동적인 행동에 다소 놀랐지만, 그 순간 나는 온전히 경석에게 몰입해 있었다.

'장난'이라는 단어의 함의 자체에는 잘못이 없다. 그것을 사용하는 이의 태도가 문제일 뿐. 간혹 "그냥 장난이었어요."라고 말하며 자기 잘못을 손쉽게 합리화하고 타인의 고통을 대수롭지 않게 여기는 아이를 만날 때가 있다. 그럴 때면 도대체 어디서부터 어떻게 풀어 나가야 할지 눈앞이 캄캄하다. 영화 속 경석처럼 뺨이라도 한 대 시원하게 치고 싶지만, 상상 속에서나 해 볼 뿐. 교사로서 학생들을 인격적으로 현명하게 계도하는 길은 너무나 멀고도 험하다.

설상가상으로 자신을 향한 두려움과 미움 때문에 딸아이가 혼자 차에서 내려 거리를 헤매다 사고를 당했다는 사실을 알게 된 경석은 망연자실한 얼굴이 된다. 무고한 세익을 도난 사건과 딸아이 사고의 범인으로 의심하고, 아버지로서 자식을 지키지 못한 것에 심한 자책을 느끼던 그는 결국 학교를 그만둔다.

최근에 뜨개질을 하다가 실타래가 꼬여 버린 적이 있었다. 엉킨 실타래를 풀어 보려고 여러 번 시도했으나 결국 실패했다. 할 수 없이 엉킨 부분을 자르고 다시 이은 뒤에야 뜨개질을 계속할 수 있었다. 경석이 학교를 그만둔 것도 같은 맥락이지 않을까. 무거운 상실감과 죄책감 때문에 주위 관계를 개선할 의지도, 방법도 사라진 상태였을 테니까. 의도와 달리 자꾸만 꼬여 가는 상황

속에서 좋은 교사도, 좋은 아빠도 되지 못한 그의 회한이 절실하게 와닿았다. 그럼에도 경석의 삶은 어딘가에서 계속 이어지리라 믿는다. 세익 앞에서 자신의 모든 잘못을 시인하고 진심으로 용서를 구하는 경석의 모습은 그의 용기와 어른 됨을 보여 주었으니까. 잘린 부분을 다시 연결한 매듭이야 흔적으로 남겠지만, 결국 삶이란 건 지나고 나서야 알게 될 것투성이라는 생각이 든다. '이랬다면 어땠을까.' 하는 후회와 아쉬움을 품은 채로.

감독과의 대화(GV)에서 제목에 대한 관객의 질문에 정욱 감독은 끝내 '좋은 사람'을 정의 내리지 않았다. 정의할 수 없어서 그렇게 했을 것이다. 언제 누구와 어떤 면을 공유하느냐에 따라 한 개인은 여러 모습으로 존재할 테니까. 단지 '좋다', '나쁘다'라는 말로 그 입체성과 다층성을 납작하게 뭉뚱그리는 일은 시비를 가리기 이전에 불가능한 일일 것이다. 더욱이 원하는 대로 계획한 대로 흘러가지 않는 게 인생이라면. "삶은 평가하는 것이 아니라 살아내는 것이다."라는 시인 안도현의 말처럼, 우리는 그저 살아내는 중일 뿐. 함께 살아내는 존재들을 함부로 재단하지 않고 겹의 시선으로 바라보는 삶이 되기를 소망한다.

BONUS.

나에게 보내는 편지
너에게 또는

야자 감독

한 아이가 물었다
야간 자율 학습 아니고
야간 타율 학습 아닙니까
한 달 개근에 대한 보상이랍시고
야자 면제권이란 걸 수여하던 시절의 이야기
별 뜻 없이 빙글대는 얼굴에
기어코 당위를 부여하고 마는 부지런이라니
스스로 필요한 공부 찾아서 하라고 자율인 게다
하루 종일 하라는 대로 했으니
니 쪼대로 좀 해 보라고
잘 갖다 붙이시네요
아, 왠지 진 것 같은 기분

시대가 바뀌어
아이의 바람대로 되긴 했는데

대낮에 쏟아져 나가는 꼴들을 보자니

입 안에 쓴 내가 난다

돌아서는 뒤통수에 대고 묻는다

다들 어디로 가시나요

그곳에선 자유로우신가요

드문드문

휑뎅그렁한 꼴 볼썽사나워

남은 아이들 죄다 모아

교실 하나 겨우 채우고 보니

아무도 서로에게 관심 없으면서

모두가 서로를 불쌍히 여기는

이곳은

숨죽인 각개 전투의 현장

누가 적인지 차마 말할 수 없어라

낡은 훈장 하나 달고

뒷짐 지며 걷는 무력의 시간

수능을 앞둔
아이들에게

그날은 평소보다 더 일찍 나서야 했어. 누워 있는다고 더 잠이 올 것 같지도 않았지. 동이 트기도 전에 나선 11월의 거리는 너무나 추웠어. 아침밥을 든든히 먹고 나왔지만, 온기 가득한 집 안과 사뭇 다른 바깥 온도에 정신이 번쩍 든 거지. 사실 모든 기억이 정확하지는 않아. 17년의 세월이 기억을 흐릿하게 만들어 버렸어. 세상에, 17년이라니. 게다가 교사가 되고 난 후 수능 응원을 나섰던 날의 기억과 뒤섞여 어떤 것이 내가 수능 치던 날의 풍경이었는지 선명하지 않아. 응원 나온 학교 후배들이 여럿 있었던 것도 같고, 그냥 몇 분의 선생님만 계셨던 것도 같아. 누군가가 따뜻한 차 한 잔을 건넨 것 같기도 하고, 작은 간식 꾸러미를 쥐여 준 것 같기도 해. 혹은 이도 저도 아니었을지도 몰라. 그래도 여전히 선명한 기억 하나가 있어. 3학년 부장 선생님이 덥석 내 손을 잡으시더니 왼손 엄지손톱에 글자 하나를 써 주시고는 등을 투덕거려 주셨지. 한자였던 건 분명한데 무슨 자였는지도 모르겠어. 아무튼 나는 얼떨떨한 기분으로 수험장에 들어섰고, 낮은 책상과 높은 의자에 당황했던 기억이 나.

난 시험 불안이 있었어. 주위 상황에 굴하지 않고 차분하게 내 시험지에만 집중하는 강심장이 못되었지. 그날의 컨디션에 따라 점수가 널을 뛰었고, 덕분에 고3 시절에는 정말 일희일비하며 살았어. 긴장하면 장운동이 극심히 활발해지는 통에 시험 중 화장실에 가는 일도 잦았지. 순발력도 냉철함도 융통성도 없는 쫄보여서 참 힘든 수험 시절을 보냈어. 수능 때도 결국 언어 영역 시간에 화장실을 다녀오고 말았지. 남은 문제를 풀려고 펜을 들었는데 머리가 어질어질하고 손이 파르르 떨렸던 것 같아.

그날 아침에 선생님이 써 주신 한자는 무엇이었을까. 이길 '승(勝)'이었을까, 닿을 '도(到)'였을까, 이룰 '성(成)'이었을까. 이런 생각을 한 적이 있어. 내가 그 선생님이었다면 당시의 나에게 무슨 글자를 써 주었을까. 그리고 지금의 너희들에게 무슨 글자를 써 줄 수 있을까. 사람은 딱 자신의 경험치만큼 타인에게 조언해 줄 수 있다고 생각해. 그래야 진심을 담을 수 있을 테니까. 연습은 실전처럼, 실전은 연습처럼. 너무나 진부한 말이지만 이게 나에겐 평생의 숙제였어. 실전을 연습처럼 해낸다는 게 어디 말처럼 쉽니. 편안하게, 하지만 집중해서. 그게 내 경험치에서 해줄 수 있는 최선의 응원이야. 그래, 그렇다면 편안할 '안(安)'을 써 줘야겠다. 시험장에서 내내 함께할게. 쫄보끼리 힘을 보태 보자.

한편으론 이런 응원이 다수에게는 무용한 일이겠다 싶어. 애초에 대학에 뜻을 두지 않은 친구도 있고, 수능 성적 자체가 필요하지 않은 친구도 많으니까. 이러나저러나 그동안 애썼다, 얘들아. 성적으로 줄 세우는 학교에서 줄곧 감당해야 했을 소외나 배제의 기억이 너희의 남은 날들을 지배하지 않기를 바랄 뿐. 성적으로 인한 열등감이 자존감마저 깎아내리는 일은 없어야 할 텐데 말이야.

김윤석 감독의 〈미성년〉이라는 영화에서 매우 인상 깊게 봤던 장면이 하나 있어. 여고생 주리와 윤아가 시험 기간, 학교를 박차고 나가려고 하자 선생님이 말하지. "야, 시험 안 보고 어디 가. 너네 그러다가 나중에 진짜 큰일 난다." 둘은 뭐라고 대답했게. 맹랑하게도 "거짓말!" 그러고는 그냥 나가버리지. 이 장면이 나는 왜 그렇게 통쾌했을까. 어쩌면 학교라는 공간에서 교사로서 행했던 나의 말과 행동이 부정당하는 장면일지도 모르는데 말이야.

선생님이 말한 '큰일'이라는 건 뭐였을까. 무단 조퇴? 시험 빵점? 그로 인해 대입에서 받을 치명타? 물론 큰일이라면 큰일이겠지만 또 한편으론 무에 그리 큰일일까 싶기도 해. 모두가 좋은 성적, 상위권 대학, 연봉 높은 직장만을 삶의 목표로 삼아야 하는 건 아니니까. 삶에는 무수한 길이 존재하고 '큰일'의 기준도 사람마다 다를 수 있으니까. 이제 곧 학교를 벗어나면 또 다른 현실의 벽과 마주하게 되겠지. 사회가 강요하는 주류나 정석, 정답에 맞서 보다 당돌해지기를. 수많은 선택의 갈림길에서 어떤 결정을 내리든 온 마음을 다해 응원할게. 적어도 지금보다 좀 더 자유롭기를 바라며.

가장 빛나는 별은 지금
간절하게 길을 찾는 너에게로
빛의 속도로 달려오고 있으니.

박노해의 「별은 너에게로」라는 시의 일부야. '가장 빛나는 별'이 수능 대박이나 대학 합격만을 의미한다고 생각하지 말아 줘. 각자의 별은 저마다 다른 모습일 테니까. 때론 가슴에 품은 말 하나가 살아갈 힘이 되더라고. 사실, 너희의 모든 하루하루가 이미 빛나는 별이야.

2020.11.

새로운
시작 앞에서

‘프리지어’의 꽃말을 아니? ‘당신의 앞날을 응원합니다.’야. 새로운 시작을 앞둔 너희들에게 이보다 더 잘 어울리는 꽃이 있을까. 통통한 꽃망울과 노란 얼굴, 달짝지근한 향이 천진한 아이를 떠올리게 하는 꽃이지. 내가 고등학교를 졸업하던 날, 엄마가 내게 안겨 주신 꽃도 바로 프리지어였어. 한껏 멋을 부린 채 프리지어 꽃다발을 들고 수줍게 웃고 있던 내 모습이 떠올라.

너희들의 웃음소리와 노래, 괴성과 고함으로 교실과 복도가 떠들썩하던 날들, 요즘 들어 부쩍 그때가 그리웠어. 수능 이후 너희가 없는 학교를 지키며 줄곧 졸업식을 상상해 왔지. 마지막 인사 앞에서 나는 담담할 수 있을까. 자신이 없어서 이렇게 편지를 써. 못다 한 이야기가 많아서 ‘졸업 축하해.’라는 말만으로는 너희를 보낼 수 없는 내 마음을 알아주렴.

최근에 허태준의 『교복 위에 작업복을 입었다』라는 책을 읽었어. 작가는 부산기계공고 3학년 시절 현장 실습생으로 공장

생활을 시작해서 졸업 뒤 산업 기능 요원으로 복무를 마칠 때까지 4년 가까이 노동자로 근무한 경험이 있는 사람이야. 수능과 무관한 또래의 삶, 일하는 청소년의 일상을 상상해 본 적 있니? 사실 난 특성화 고등학교 학생에 대해서는 딱히 알려고 하지도 않았고 관심도 없었어. 전해 듣는 이야기만으로 섣불리 판단하고 막연한 두려움마저 가지고 있었지. 그런데 이 책에 이런 구절이 있더라.

'수험생 여러분, 수고하셨습니다!'라는 광고 문구는 거리 가득한 축제 분위기에서 자꾸만 우리를 소외시키는 것 같았다. 입시를 준비하지 않았던 열아홉의 나는 수고하지 않았던 걸까? … 학교를 다니지 않고 어른이 되어야 했던 누군가에게도 이 거리가 조금은 더 따뜻하고 위로가 되었다면 좋았을 텐데.

그동안 일반계 고등학교에서만 근무하면서 대학 입시는 한국인이라면 대부분 겪는 통과 의례라고 생각했어. 그런데 이 '대부분'이라는 표현이 얼마나 게으른 것이었는지 비로소 알게 됐지. 너무나 많은 이를 '보통'의 범주 바깥으로 손쉽게 밀어내 버렸으니까. 학교가 아닌 공장에서 입시 대신 취업을 준비하며 치열한 시간을 보내는 십 대들이 있다는 것을, 그리고 그들이 느끼는 사회적 소외감을 난 미처 상상하지 못하고 살았던 거야.

철학자 니체가 말한 '익숙하지 않은 것에 대한 호의'도 결국 상상력이 필요한 일 아닐까. 실제로 경험하지 못한 것, 다르고 낯선 존재를 마음속으로 그려 보고 헤아리려는 노력이 선의의 바탕이 될 테니까. 게으른 무지가 오해를 양산하고 오해가 혐오가 되는 건 한순간이란다.

노인의 몸과 마음이 어떨지 짐작해 보렴. 엄마가, 엄마가 되기 이전에 어떤 삶을 살았을지 상상해보렴. 여러 소수자의 목소리에 귀 기울이고 그들의 시선을 따라가 보렴. 부지런히 서로를 상상하며 세계에 대한 민감성을 잃지 말고 살아가자. 갈 길이 멀다, 얘들아.

지난주엔 오랜만에 극장에서 영화 한 편을 봤어. 〈소울〉이라는 애니메이션 영화였지. 주인공 '조'에게 재즈 음악이란 삶의 목적이자 의미야. 우여곡절 끝에 자신의 우상 '도로시아'와 함께 꿈에 그리던 무대에 서게 된 날, 무사히 공연을 마치고 내려온 그는 도로시아에게 이렇게 물었어.

"그다음은요? 이제 어떻게 되는 건가요?"

"그냥 매일 이렇게 무대에 서는 거야."

왠지 모를 허탈감과 공허함을 느끼는 조에게 도로시아가 들려주는 이야기가 있어.

한 어린 물고기가 늙은 물고기에게 헤엄쳐 가서 물었지.

"바다를 찾고 있어요. 어디로 가면 되나요?"

늙은 물고기는 대답했어.

"이곳이 바다란다."

"여기는 그냥 물이잖아요."

어쩌면 우리도 바다에서 바다를 찾아 헤매고 있었는지도 몰라. 영화가 말해 주듯, 맛있는 피자 한 조각, 바람에 날려 온 단풍나무 씨앗 하나, 따뜻한 햇볕과 거리의 기타 연주, 어머니의 사랑이 담긴 실타래 등이 우리의 바다를 이루고 있는 거지. 간절히 원했던 것이 반복되는 일상이 되어 버린 순간, 오히려 조는 무심코 지나치던 일상의 소중함을 깨달았어. 생각해 보렴. 학교생활이 지긋지긋하게 느껴지던 날에도 분명 눈부신 순간이 있었을 테니까.

영화가 끝난 뒤 노래 한 곡이 흘러나왔는데, 가수 이적의 〈쉼표〉라는 곡이었어.

난 이제 높다란 나무 밑 벤치 위에 앉아 하늘만 바라봐요
말없이 한참을 안아 줄 이토록 따뜻한 햇볕 아래
꿈꾼다는 건 좋은 거라 그렇게 얘기들 하죠
하지만 부디 잠깐만 날 내버려둬 줘요

내버려두지 못해 미안했다, 애들아. 그동안 내가 너희들에게 꿈꾸기를 강요해 왔던 게 아닐까 하는 생각이 들어. 꿈을 실현하

기 위해 치열하게 노력하는 삶만이 의미 있는 것처럼 말이야. 먼 바다를 찾으려 너무 애쓰지 않아도 된단다. 우린 이미 바다에 있고, 대단한 성취만이 우리가 사는 목적은 아니니까. 현재의 삶을 확고하게 지탱해 주는 작은 것들을 더욱 사랑하렴.

영화에서 수많은 어린 영혼이 지구에서의 삶을 시작하기 위해 지구로 뛰어드는 모습은 정말 장관이었어. 이제 세상으로 뛰어드는 너희의 모습이 포개져서 마음 한구석이 아릿하기도 했지. 살아갈 준비가 되었다면, 살아 볼 용기가 생겼다면 한 번 부딪쳐 보렴. 나는 또 다른 아이들과 이곳에 머물겠지만, 우리가 함께한 시간은 절대 잊지 않을게. 너희의 모든 하루를 응원해.

2021. 2.

3.

어
쩌
다

엄
마
가

되
고

보
니

우는 네가
귀엽더라도

아이가 어느덧 초등학생이 되었다. 주관이 뚜렷해지고 나날이 고집이 세지면서 나와 부딪히는 일이 부쩍 많아졌다. 서로 잡아먹을 듯 으르렁거리다가도 아이는 이내 울음을 터뜨리고, 나는 또 금세 미안해져서 죄인이 되곤 한다. 그런데 아이의 일그러진 작은 얼굴을 보고 있노라면 마냥 귀엽기도 해서 순간 피식 웃어 버릴 때가 있다. 얼마 전 같은 상황에서 내가 또 한 번 실소를 터뜨렸는데 아이는 더 발악하며 이렇게 말했다.

"내가 우는데 엄만 왜 웃어. 엄마 진짜 나빠."

중학생 시절에 친구 문제로 힘들 때가 있었다. 같은 반 애들 중에 마음 맞는 친구가 하나도 없었고, 마지못해 몇몇과 어울려 다니면서도 나만 겉도는 느낌을 떨치지 못했다. 학교 가기가 죽기보다 싫고 매사에 의욕이 떨어져 성적도 하락세를 보였다. 여러 명 모여 있기만 해도 내 뒷담화를 하는 것 아닌가 여길 정도로 신경이 예민해졌다. 콕 집어 따돌림의 대상이 된 건 아니었으나, 단짝 없는 학교생활은 당시의 나에게 가혹한 시련이나 마찬가지였다.

그땐 왜 그렇게 노래 듣는 것마저 싫었는지. 트는 노래마다 남녀 간 이별이 주제인지라 '도대체 이별의 아픔이 얼마나 대수기에 다들 이러는 거야.' 싶어서 당최 공감이 가질 않았다. 연애라고는 해 본 적이 없으니 그 슬픔의 깊이를 내가 어찌 알았으랴. 게다가 그 당시 나에게는 친구 문제가 지상 최대의 고민이었으므로 다른 아픔에 공감할 여지도 없었다. 가까스로 용기 내어 아는 언니에게 이런저런 고민을 털어놨더니, "고민할 것도 많다, 얘. 대놓고 뭐라고 하는 것도 아닌데 뭘 그렇게 신경을 써. 그래 봤자 너만 손해야."라고 말하는 통에 그만 입을 닫아 버렸다. 내 아픔을 이해받지 못해서 나는 더욱 슬퍼졌다.

하루는 졸업생들을 만나 이야기를 나누던 중에 한 아이가 이런 말을 한 적이 있었다.

"그날은 제가 지각을 제대로 해 버렸죠. 생전 그런 적 없다가 한참을 늦었으니 선생님도 놀라신 듯했어요. 왜 늦었냐고 물으시기에 아침에 엄마랑 싸웠다고 말씀드렸죠. 그랬더니 선생님이 뭐라고 하신 줄 아세요? 말은 바로 해야지. 엄마랑 싸우긴 뭘 싸워. 네가 엄마랑 친구 사이인 줄 아냐? 네가 엄마한테 혼난 거겠지. 갑자기 말문이 턱 막히더라고요. 내가 뭐라고 말하든 변명처럼 들리겠다는 생각도 들고."

내가 그랬었나. 겸연쩍은 마음에 괜히 머리만 긁적였다. 그냥 지나가는 말로 웃으며 흘린 이야기였으나, 나는 내내 신경이 쓰였다. 섣부른 훈계로 아이의 입을 닫게 한 거나 마찬가지였으니까. 예전의 그 언니가 나에게 그랬듯이 충고부터 하려고 들었으니까. 사실 부모도 얼마나 미숙한 존재인가. 그 자신도 일상에서 숱한 잘못을 저지르며 후회하고 다짐하는 중에 성장해 가는 불완전한 존재일 뿐인데. 부모라는 이름으로 자식에게 알게 모르게 상처 주는 사람들이 얼마나 많은지. 엄마에게 혼난 것이 아니라 엄마랑 싸웠다고 표현한 나름의 이유가 있었을 것이고, 나는 그 감정과 느낌에 우선 귀 기울였어야 했다. 아이들의 사정과 속내를 들을 기회를 놓쳐 버린 게 비단 그때뿐일 것인가. 매사에 가르치려 드는 건 교사로서 가장 경계해야 할 태도 중 하나인 것을. 공감 없이 섣불리 개입하려다 모르고 지나쳤을 아픔들이 뒤늦게 몰려오는 듯했다.

"살다 보면 그런 문제는 아무것도 아니야, 뭐 그 정도 가지고 그래."와 같은 식의 위로는 사실 안 하느니만 못하다. 지금 당장 힘들어 죽겠다는 사람에게 하등의 위로조차 되지 않을뿐더러, 경중을 따져 상대방의 상처를 아무것도 아닌 것으로 만들어 버리니까. 지나고 보면 별일 아니었다는 걸 깨달을 때가 많긴 하지만, 그건 지나고 나서야 할 수 있는 생각 아닌가. 가뜩이나 힘든 사람을 더욱 초라하게 만들 뿐.

"공감이란 나와 너 사이에 일어나는 교류지만, 계몽은 너는 없고 나만 있는 상태에서 나오는 일방적인 언어다. 나는 모든 걸 알고 있고 너는 아무것도 모른다는 것을 전제로 하는 말들이다. 그래서 계몽과 훈계의 본질은 폭력이다."

정신과 의사 정혜신의 『당신이 옳다』라는 책에 나오는 구절이다. 충조평판(충고, 조언, 평가, 판단)을 일삼는 계몽자가 되기를 경계하라는 말이다. 상대방을 제대로 알고 이해할 수 있을 때까지 조심스럽게 묻는 것, 그것이 공감의 시작이라고 했다.

우는 아이를 보고 웃음을 터뜨려서는 안 되는 거였다. 내가 보기에 별것 아니라는 이유로 아이의 슬픔을 소홀히 대했으니까. 예전의 나에게 친구 문제가 지상 최대의 고민이었듯 아이에게는 당장의 서러움이 지상 최대의 슬픔이었을 텐데 말이다. 더 많은 세월을 살아 봤다는 이유로 아이의 고민과 아픔을 한순간 사소한 것으로 만들어 버리지 않기를. 외부에서 이식된 답으로 서둘러 아픔을 봉합하게 하거나, 당장의 삶에 충실할 기회를 섣부른 조언으로 빼앗아 버리지 않기를. '계몽자'가 아닌 '공감자'로서, 현명한 부모가 될 수 있다면 참 좋겠다. 정말이지 아이를 키우는 일은 정신 수양의 길이다.

그래,
그냥 웃긴 엄마

나는 최소한의 짐으로 깨끗이 정돈된 집에서 살고 싶었다. 하지만 그건 불가능이었다. 미니멀 라이프의 꿈은 아이가 생기면서 진즉에 물 건너갔다. 아이 옷가지며 장난감, 수백 권에 이르는 책까지 그야말로 짐에 치여 사는 판국이니까. 게다가 혈기 왕성한 남자아이가 집안을 어지럽히는 속도는 내가 치우고 정리하는 속도를 늘 앞질렀다. 누구는 따라다니면서 먹인다더니 나는 따라다니면서 치워댔다. 정리 정돈 안 하면 못 놀게 할 거라는 윽박에, 제 딴에는 정리하면서 논다고 하는데도 내 성에 찰 리 없었다. 차라리 깨끗이 정돈된 집에 대한 이상일랑 버리고 그냥 되는 대로 살면 마음이라도 편할 텐데, 그런 느긋함은 또 없었으니 내내 피곤을 자처한 셈.

가끔 아이 친구가 우리 집에 놀러 올 때면 집안이 개판 되는 속도는 아이가 혼자 있을 때의 두 배, 세 배에 가까웠다. 외동인 아이가 친구와 재미나게 노는 모습을 볼 때면 마냥 귀엽고 괜히 안쓰럽다가도 '그래서 이건 누가 다 치워?' 하는 생각에 울컥 짜증이 치밀곤 했다. 얼마 전, 친구와 한바탕 신나게 놀던 아이가 친구를 집까지 바래다주고 싶다고 해서 함께 나선 길이었다. 아이가 평소 만드는 것을 좋아해서 택배 박스나 온갖 재활용품을 방 한구석에 모아 두곤 했는데, 그날은 아이들이 가지고 놀던 장난감에 그것들까지 한데 엉켜 그야말로 엉망진창이었다. 도저히 그대로 둘 수가 없어서 나가는 길에 낡고 덩치 큰 박스 하나를 분리 배출하려 했더니, 아니나 다를까 아이가 난리를 치기 시작했다.

"이걸로 나중에 뭐 만들 거야! 이거 버리면 나 집에 안 들어간다! 절대로 버리면 안 돼, 엄마! 알겠지?"

아이가 과격하게 나를 밀치며 자기 고집대로 하려는 통에 나도 그만 꼭지가 돌아버렸다. 방 안에 있던 다른 작품—박스를 이어 붙여 만든 대형 기차인데, 진심 버리고 싶었던 것—까지 들고나왔다. 그러고는 곧장 분리수거장으로 향했다. 아이가 울건 말건 아이가 보는 앞에서 난 그걸 조각조각 해체했다. 아이의 친구도 적잖이 당황한 표정이었다. 한동안 계속 악을 쓰며 울고불고하던 아이는 집에 안 들어올 것처럼 하더니 결국 나를 따라왔다. 제 방문을 쾅 닫고 들어간 아이는 또다시 서럽게 울기 시작했다.

사실 나도 좀 너무했다 싶었다. 박스 기차를 분해하면서 '아, 이럴 것까진 없는데.' 하는 생각이 들었지만, 그걸 다시 집안에 들이고 싶지 않은 마음이 더 컸다. 방문 앞을 지키고 섰다가 울음이 좀 잦아든다 싶어서 문을 열어 보라 했더니 아이는 묵묵부답이었다. 한참 뒤에야 문을 열어 준 아이는 어두운 방 한구석에 쪼그리고 앉아 무릎 사이에 얼굴을 파묻고 있었다. 그 모습을 보자니 나도 갑자기 눈물이 솟구쳤다. 그러려던 건 아닌데, 이번에는 내가 꺼이꺼이 울어 버렸다.

"엄마가 미안해. 엄마도 그럴 생각은 아니었는데, 순간 화가 나서 그랬나 봐. 아무리 화가 나도 네가 애써 만든 걸 보는 앞에서 그러면 안 되는 거였는데. 엄마도 어른이지만 늘 옳은 건 아냐. 자주 실수하고 후회하고 그래. 좋은 엄마가 되고 싶은데 그게 마음대로 안 될 때면 엄마도 너무 속상해. 그런 식으로 화풀이한 거 미안해."

자기 옷에 떨어진 내 눈물 자국 한 번, 눈물로 얼룩진 내 얼굴 한 번, 위아래로 번갈아 보던 아이는 가만히 내 품에 안겼다. 한참을 그러고 있다가 서로 눈이 마주친 순간, 우린 갑자기 웃음이 터졌다. 웃다가 울다가 하던 아이는 나에게 이렇게 말했다.

"엄만, 정말 웃긴 엄마야."

일전에 정지우의 사회 비평 에세이 『인스타그램에는 절망이 없다』를 읽다가 깊이 공감했던 구절이 있었다. "폭력은 가정 안에서 손쉽게 재생산된다. 폭력의 찌꺼기들은 가정 내에서 가장 권력도 힘도 방어 수단도 없는 아이들에게 최종적으로 수렴된다." 너무나 정확하고 예리해서 가슴 아픈 지적이었다. 실로 가장 약한 존재인 아이들이 '감정의 쓰레기통'이 되기도 하니까.

나 역시 훈육한다는 명목으로 아이를 다그치지만, 정작 내가 화가 난 것은 다른 이유 때문인 경우가 많았다. 배우자와의 갈등, 학생들에게 받은 상처, 기대와 어긋나게 흘러가 버린 일 등으로 힘들었던 하루 끝에, 나는 자주 아이에게 화를 냈다. 그날도 나를 그토록 화나게 한 건 엉망이 된 집이나 아이의 태도만은 아닐 터였다. 배우자의 늦은 귀가, 각종 가사 노동과 아이 돌봄의 책임이 나에게 편중된 현실, 일과 육아의 병행으로 인해 오랜 시간 누적된 피로 같은 것들.

그날 밤 아이의 잠든 얼굴을 보며 나는 또 내 머리를 쥐어박았다. '그래, 왜 그랬니. 조금만 더 참지, 왜 그랬니. 그럴 것까진 없었잖아. 그건 그냥 화풀이였잖아. 제대로 훈육한 것도 아니면서 아이 마음에 상처만 남긴 건 아닐까. 얼마가 지나야 엄마 노릇에 익숙해지고 좀 더 좋은 엄마가 될까. 정작 화나는 건 덮어둔 채 이 어린것에게 화풀이하는 일이 더는 없어야 할 텐데.' 잠든 아이를 또 한 번 꼭 안아 줬다.

늘 나 자신을 채찍질하던 마음에 아이가 했던 말을 새겨 본다. 최소한의 짐으로 깨끗이 정돈된 집이 그저 이상이었듯 '좋은 엄마'가 되려고 너무 애쓰지 말아야겠다고. 맨날 버럭하고 후회하고 때로는 애 앞에서 애처럼 울어 버리는 난, 아직 그냥 '웃긴 엄마'니까. 어수선하고 난잡한 집에서 식탁만 대충 치워 놓은 채 이 글을 쓴다. 모든 걸 내가 떠안을 필요는 없다고, 다들 이렇게 산다고 스스로 위안하면서.

육아서를
읽지 않습니다

아이의 초등학교 입학을 두어 달쯤 앞둔 어느 날, 지인이 불쑥 책 한 권을 내밀었다. "애 곧 입학이지? 한 번 읽어 봐, 도움 될 거야." 이제 곧 학부모가 된다는 생각에 뒤숭숭하던 차였는데, 그 마음을 꿰뚫어 본 듯했다. 마다할 이유가 없는 호의였다. 덥석 책을 받아 들고 보니 책 제목이 무시무시했다. 『초등 6년이 아이의 인생을 결정한다』라니. 이거 왠지 어깨가 더 무거워지는데?

사실 난 여태껏 육아서 한 권 제대로 읽은 적 없는 엄마였다. 내가 읽고 싶은 책을 읽기에도 시간은 늘 모자랐다. 전문가들이 쏟아내는 조언을 성실히 수행하느라 나와 아이를 옥죄게 되는 건 아닐까 두렵기도 했다. 이래야 한다는데 저렇게 할 배짱은 없으니, 차라리 모르는 게 속 편했다. 그런데 이건 뭐, 초등 6년이 아이의 인생을 결정한다니 단단히 각오하고 비장한 자세로 책장을 넘겨야 할 것만 같았다.

지레 겁을 먹고 차일피일 미루다 보니 한 달이 훌쩍 지나 버렸다. 빌린 책을 읽지도 않고 책장에 꽂아두고만 있자니 마음이 상당히 불편했다. 아이의 초등학교 입학이라는 큰 이벤트를 앞두고도 선뜻 그런 책 하나 펼치지 못하는 내가 무심한 엄마처럼 느껴지기도 했다. 결국 그 책은 내 독서 목록에서 내내 후순위에 머무르다가 원래의 주인에게로 고스란히 되돌아갔다.

비로소 마음의 짐 하나 덜고—그게 그다지 짐이어야 할 일인가 싶지만—홀가분한 상태가 되어 책장 앞을 서성이다가 무심코 책 한 권을 꺼내 들었다. 레바논의 대표 작가 칼릴 지브란의『예언자』였다. 차례를 살피다가 '아이들에 대하여'라는 꼭지가 눈에 들어왔다.

"그대들은 아이들에게 육신의 집을 줄 순 있으나 영혼의 집마저 줄 순 없다. 왜냐하면 아이들의 영혼은 내일의 집에 살고 있으므로. 그대들은 결코 찾아갈 수 없는, 꿈속에서도 가 볼 수 없는 내일의 집에. 그대들이 아이들같이 되려 애쓰되 아이들을 그대들같이 만들려 애쓰진 말라. 왜냐하면 삶이란 결코 뒤로 되돌아가지 않으며, 어제에 머물지도 않는 것이므로."

언젠간 읽어야지 하며 고이 모셔두었던 책이 참으로 시의적절한 순간에 제 발로 찾아온 듯했다. 와, 이건 날 위해 준비된 문장이잖아. 육아서의 홍수 속에서 추세를 따르자니 안 내키고, 외면하자니 찝찝했던 나에게, 이 문장들은 단숨에 '믿는 구석'이 돼 버렸다. 내 아이는 나의 소유가 아니라는 것, 키우는 대로 아이가 자라지는 않는다는 것. 그래, 이거면 충분하지, 다른 말이 뭐가 더 필요할까.

내친김에 또 다른 책 한 권을 더 꺼내 들었다. 미국의 한 독립 연구자 주디스 리치 해리스의 『양육가설』이라는 책이었다. '아이의 미래는 유전자와 부모의 책임에 달려 있다는 견고한 믿음에 의문을 던진 연구자'라는 작가 소개에 끌려 사게 된 책이었다. 놀랍게도 이 책의 서두에는 앞서 언급한 『예언자』 속 구절이 인용되어 있었다. 이걸 왜 이제야 읽고 있나 싶을 정도로 흥미진진하고 설득력 있는 책이었다.

"아이를 키우는 데는 마을 전체가 필요하다. 그건 아이들을 바른길로 인도하기 위해 많은 수의 어른이 필요하다는 의미가 아니다. 마을 안에서 놀이집단을 형성할 만큼 충분한 수의 아이들이 필요하다는 뜻이다." 특히 인상적인 구절이었다. 아이는 또래 집단과 함께 스스로 자신의 삶을 만들어 나가며, 아이의 미래는 부모로부터 사랑받는지의 여부보다 집단의 다른 구성원들, 곧 같은 세대에 속해 남은 삶을 함께 보내게 될 또래들과 잘 지내는가에 따라 결정된다는 것이었다. 작가는 책의 말미에서 이렇게 말하고 있었다. "우리 부모들이 자녀를 원하는 방향으로 만들어 갈 수 있다는 생각도 착각에 불과하다. 이제 내려놓자. … 긴장을 풀어라. 자녀가 어떤 인간이 되는지는 당신이 아이에게 얼마만큼의 애정을 쏟았는지에 따라 결정되지 않는다. 당신은 자녀를 완성하지도, 파괴하지도 못한다."

부모가 아이를 완성하지도, 파괴하지도 못한다는 말은 어째서 이리도 든든한 위안이 되는가. 아이를 키우면서 종종 느껴 왔던 두려움과 조바심과 죄책감의 근원을 비로소 알게 됐다. 내가 아이의 삶에 지대한 영향을 끼칠 수 있다는 오만은, 양육에 대한 과중한 책임감을 부여했고 양육을 진정으로 즐기지 못하게 했으며 아이의 삶과 내 삶의 교집합을 비대하게 만들었다. 그간 내가 각종 육아서를 회피해 온 것은 자식이 잘되든 못되든 일단 부모에게서 그 이유를 찾는 ―엄밀히 말하면 주로 엄마 탓을 하는― 사회적 통념에 반기를 들고 싶었기 때문인지도 모르겠다. 어쨌든 이젠 더더욱 멀어지게 생겼다.

다행히 아이는 급박한 환경 변화에도 별다른 동요 없이 잘 지내는 중이다. 유치원 때보다 더 일찍 집에 오는 까닭에 놀이터에서 노는 시간이 두 배로 늘었다. 아이의 놀이터 인맥이 급속도로 넓어졌다. 바람이 찬데도 땀까지 뻘뻘 흘리며 친구들과 뛰노는 모습을 지켜보노라면 아이가 서서히 내 손을 떠나가고 있음을 느낀다. 우리가 공유하는 시간과 관계는 앞으로 점점 더 줄어들 것이다. 내가 없는 곳에서 내가 모르는 관계들을 만들어 나갈 아이의 미래를 상상한다. 내가 '꿈속에서라도 가 볼 수 없는 내일의 집'에 아이의 영혼이 살고 있다니, 어쩐지 마음이 들뜨고 두근거린다.

나는 그냥 하던 대로 내가 읽고 싶은 책을 읽으며 살아야지. 꼭 육아서가 아니어도 엄마로서의 삶을 깨어 있게 하는 책은 얼마든지 많으니까. 아이를 어떻게 키울까 고심하기보다는 앞으로 내가 어떻게 살 것인가를 생각해야겠다. 그래야 아이를 키우는 일이, 아니 아이와 함께 사는 일이 온전히 즐거워질 것 같다.

우리도 반갑게
만나고 싶습니다

엄마들이 으레 하는 말이 있다. 드라마에서도 심심찮게 나오는 대사, "내가 널 어떻게 키웠는데!" 배 속에 아이가 자라고 있다는 걸 알게 된 순간, 제일 먼저 떠올린 말이기도 했다. 죽어도 이 말만은 하지 않으리. 부모 스스로 자식의 족쇄임을 자처하는 말, 효도를 강요하는 구차한 말이라 여기던 터였다. 기쁘고 설레기보다 비장한 출발이었다.

그즈음 인기를 끌던 TV 프로그램 중에 〈비정상회담〉이라는 게 있었는데, 한국에 거주 중인 다양한 국적의 청년들이 특정 안건을 놓고 토론을 펼치는 구성이라 재미가 쏠쏠했다. 부모 자식 관계에 대한 나라별 인식 차이가 대화의 주제였는데, 벨기에 국적의 패널이 했던 말이 인상적이었다. "한국 부모들은 특히 자식에 대한 소유욕이 강한 것 같아요. 부모 자식은 소유가 아니라 인연으로 맺어진 관계잖아요. 부모님은 늘 저에게 '널 만나서 반가웠다.'라고 말씀하셨어요." 불러 가는 배를 어루만지며 다짐했다. 나도 꼭 그렇게 말해 줘야지. '내가 낳고 키운 내 새끼'와 '반가운 인연으로 만난 특별한 존재' 사이에는 엄연한 간극이 있어 보였다.

아이를 낳고도 바깥일에 여념이 없는 사이, 육아와 살림을 도와주신 어머님 덕에 별 어려움 없이 엄마 행세를 하고 살았다. 그러다 학교 입학을 몇 달 앞둔 어느 날, 아이의 유치원 선생님으로부터 전화 한 통을 받았다. 친구들 대부분이 한글을 읽어 내는 걸 보면서 아이가 근래 종종 시무룩해 있었다는 것. 한글 교육의 주 책임자는 매일 등·하원을 도맡아 하는 할머니도, 부모라는 범주에 함께 속해 있는 아빠도 아니었다. 선생은 콕 집어 엄마인 나에게 책임을 묻고 있었다. 가슴이 철렁했다. 그래도 명색이 국어 교사인데 자식한테 한글 하나 못 가르치겠냐던 자신감과 책을 통해 아이 스스로 한글을 깨칠지도 모른다는 막연한 기대는 한순간에 조급함으로 바뀌었다. 북유럽 국가들이 취학 전 문자 교육을 금지하는 데에는 다 그럴 만한 이유가 있다며 조기 문자 교육을 대차게 비판하고 싶었으나, 현실은 그렇지 못했다. 아이가 아직 한글을 읽지 못한다는 사실보다 친구들과 자신을 비교해 주눅 든 모습이 더 걱정스러웠다. 고작 나이 일곱에 한글 속성 교육이 웬 말이냐 싶으면서도 결국 내가 선택한 것은 '초단기 한글 완성' 학습지였다. 주 1회 10분 남짓의 방문 관리가 기본인 학습지는 엄마의 적극적인 개입이 필수였고, 과제를 해내기 위해 아이와 씨름하는 동안 나는 자주 언성을 높였다.

그렇게 발을 들인 사교육 시장은 정말이지 또 다른 세계였다. 아이가 한글을 어느 정도 읽을 수 있게 되자 미련 없이 학습지를 그만뒀는데, 그 정도는 맛보기에 불과했다. 입학 후 3월 한 달간 하교 시간 교문 앞은 그야말로 인산인해를 이루었다. 아이를 데리러 온 학부모를 대상으로 각종 학원 및 학습지를 홍보하려는 이들이 즐비했기 때문이다. 두 손 가득 받아 온 홍보물을 찬찬히 살펴보니 공부방, 어학원, 피아노, 미술, 줄넘기, 수영, 태권도, 한자, 독서 논술, 코딩, 사고력 수학 등등 사교육의 영역이 과연 어디까지인가 싶을 정도였다. 피아노는 소근육 발달을 통한 두뇌 계발을, 미술은 저학년들의 학교 수업 적응과 창의력 및 집중력 향상을, 태권도는 체력이 곧 학습력임을 강조했다. 예체능 교육 자체를 목적에 두기보다 학습력 향상을 위한 도구적 기능을 부각하는 문구들이 꽤 보였다. 그래야 더 많은 부모의 마음을 사로잡을 수 있으리라는 듯이.

어쩌다 보니 아이도 현재 음·미·체 학원 세 군데를 다니고 있다. 홍보 문구에 현혹된 건 아니라고, 아이가 원해서 시작한 거라고 은근히 점잔을 빼며 매월 40만 원이 넘는 학원비를 기꺼이 지불하는 중이다. 그러면서도 학습 분야의 사교육이 빠져 있다는 불안감을 상쇄하고자 독해와 받아쓰기, 계산법 문제집 등을

사들였다. 호기롭게도 이른바 '엄마표 수업'을 계획한 셈. 어쩐지 '만남'이 아니라 '키움'의 영역에 깊숙이 발을 들인 느낌. 그보다 더 찜찜한 것은 이 정도의 투자가 평균 정도밖에 안 되는 현실과 아이 교육의 책임이 오롯이 엄마인 나에게만 지워진 작금의 상황 이다. "그래도 엄마가 교사인데…"라는 선입견이 날이 갈수록 부담스럽게 느껴진다.

주위를 둘러봐도 직업 유무와 관계없이 자녀 교육의 책임은 대부분 엄마들이 지고 있었다. "내가 널 어떻게 키웠는데!"라는 말을 으레 엄마들이 하는 것도 자녀 양육 및 교육의 주체가 주로 엄마이기 때문 아니겠는가. 휴직 중 놀이터에서 알게 된 엄마들 가운데 전업주부인 이들이 나름의 고충을 토로했다. 그들은 자녀 교육의 책임에서 워킹맘보다 더더욱 자유롭지 못했다. "집에서 노는 사람이 애 교육 하나 제대로 못 시켰냐!"라는 질책을 들을까 봐 두렵다고도 했다. 휴직도 불가능하고 조부모의 도움을 기대하기도 어려워 할 수 없이 퇴사를 선택한 후 집안일을 도맡게 됐는데, 그 때문에 아이를 잘 키워야 할 책임이 더욱 무거워진 셈이었다. 워킹맘보다야 더 잘 해내야 하지 않겠냐는 압박감은 자녀 교육에의 매진으로 이어졌다. 늘어나는 사교육비를 감당하기 위해 재취업을 하려 해도 '경단녀'(경력 단절 여성)가 할 수 있는 일은 많지 않고, 시간제 업무 등을 통해 번 돈은 고스란히 자녀 교육비로 들어갔다. 직업적 성공과 자기 계발을 포기하고 자식 키우는 데 오랜 시간 애쓴 엄마들의 입에서 "내가 널 어떻게 키웠는데!"라는 말이 나오는 건 이상한 일이 아니었다.

　과열된 사교육 시장과 피 튀기는 교육 경쟁을 엄마들의 탓으로 돌리는 사회적 시선과 종종 마주한다. 나 역시도 극성 엄마들을 종종 비난의 대상으로 삼았다. "욕망덩어리 엄마들 때문에 애들만 죽어나는 거지."라고 하면서. 반면 아이의 삶에 적당히 ―'적당히'가 어느 정도 수준인지는 모르겠지만―개입하지 않는 엄마들에게는 그것대로 또 무책임하다는 비난이 쏟아진다. 나 또한 "엄마가 국어 선생인데 애한테 여태 한글 안 가르치고 뭐 했냐."라는 핀잔을 받았듯이. 어쩌면 엄마들도 하고 싶어서가 아니라 하지 않으면 쏟아질 비난들이 두려웠던 게 아닐까. 한국 사회에서 모성을 들먹이며 추켜세우거나 깎아내리는 건 일도 아니니까. 자식을 소유물처럼 여기고 치열하게 키울 수밖에 없는 한국의 엄마들은 이렇게 만들어지는 게 아닐는지. 드라마 〈스카이 캐슬〉에서 딸아이를 서울의대에 보내기 위해 무슨 짓이든 하려했던 진짜 극성 엄마도, 실은 딸의 입시 결과를 통해 아내, 며느리, 엄마로서의 존재 가치를 인정받고 싶어 했듯이.

　요즘은 "내가 널 어떻게 키웠는데!"라는 말이 애처롭게 들린다. 무작정 힐난하기에는 엄마로서의 내 삶과 무관하기 않기 때문이다. 나도 훗날 불쑥 그 말을 뱉게 될지도 모를 일이다. 세상 천지에 투입 대비 산출을 따져가며 아이를 들들 볶고 싶은 엄마가 어디 있겠는가. 능력주의 사회에서 적어도 자식이 남들보다 뒤처지지 않게 하려고 애쓰는 엄마들을, 교육 경쟁을 가속화하는 주범이라고 싸잡아 비난할 일은 아닌 것 같다. 성공의 원인을 철저히 개인의 노력에서 찾고, 사회적 불안 수준은 높은데 보장 제도는 미비한 나라에서 각자도생이라도 해야지, 별 뾰족한 수가 있긴 한가. 더군다나 엄마의 희생이 적극적으로 요구되는 분위기에서 엄마들에겐 선택의 여지가 없는 거나 마찬가지다. 적절한 지원과 적당한 거리, 독자적 존재 간의 화합을 꿈꾸지만 갈 길은 멀고 자신은 없다. 나도 "널 만나서 반가웠어."라고 우아하고 초연하게 말하고 싶다.

하우 얼 유?

"하우 얼 유? 아임 파인, 땡큐, 앤쥬?" 내 인생의 영어는 이 문장들로 시작했다. 물음과 대답이 야무지게 덩어리져서 마치 하나의 문장처럼 느껴졌다. 어떤 대체도 불허하는 조합이랄까. 영어를 말이 아니라 글로 배웠던 시절, 알파벳 대소문자를 중학교 입학 과제로 처음 접했다. 일명 '빽빽이*'를 통해 지겹게도 외워댔던 단어들. 쪽지 시험은 또 얼마나 숱하게 치렀던가. 『맨투맨 기초 영어』, 『성문 기본 영문법』 같은 고전들을 끼고 다니며 영어 문장 파헤치기에 골몰했던 그때, 영어는 새로운 언어라기보다는 교과목 중 하나일 뿐이었다.

글은 읽어도 말은 못하는 이상한 언어 교육 속에서 중·고등학교 6년을 보냈다. 영어와 관련 없는 학과로 대학을 진학했으나, '실용 영어'라는 필수 교양 과목이 기다리고 있었다. 역시나 전혀 실용적이진 못했지만. 용케 토익, 토플 따위 한 번도 치르지 않은 채 직장인이 됐고, 영어와의 인연은 그걸로 끝이라고 생각했다.

---

* 암기해야 할 사항을 종이에 빽빽하게 적으며 외우는 방법

이후 본의 아니게 영어와 재회한 것은 아이 때문이었다. 산부인과에서 하는 태교 수업에 갔더니 강의 주제가 "우리 아이 영어 실력, 뱃속에서 결정된다!"였다. '이중 언어', '모국어 습득 방식', '영어 뇌' 같은 단어들이 쉴 새 없이 쏟아졌고, 예비 엄마들은 메모까지 해 가며 귀를 기울였다. 영어 동요나 동화 CD를 노상 틀어 놓는 것 정도는 할 수 있을 듯했으나 영어로 태담을 하라는 말에는 급격히 자신감이 떨어졌다. 확실히 알게 됐던 건, 고의성과 주의력을 가지고 의식적으로 행하는 '학습'과 무의식적이고 직관적인 과정을 통해 자연스럽게 배우는 '습득'의 차이점이었다. 그래, 나는 영어를 철저히 '학습'했던 거었어.

신혼여행지인 하와이에서 주유소를 '오일 뱅크'라고 말하는 바람에 렌터카 업체 직원에게 폭소를 선사하고, 스카이다이빙 낙하산 비행 중에 등 뒤의 교관에게 할 수 있었던 말이라고는 '원더풀', '그뤠잇'이 전부였던 내게, 모국어 수준으로 영어를 구사하는 건 꿈의 경지였다. 만약 내 아이가 그렇게 할 수 있다면…. 아, 이게 바로 대리만족인 거군요.

변명하자면, 상상을 실제로 만들기엔 사는 게 너무 바빴다. 막달까지 일했고 낳고 보니 현실 육아의 치열함은 상상 이상이었다. 먹이고 똥 치우고 재우며 정신없는 나날을 보내다 도망치듯 일터로 복귀했다. 0~3세가 영어 귀 뚫리는 적기라는데 '특별한 아기를 위한 현명한 엄마의 선택'은 바쁜 일상에서 유야무야

묻혀 버렸다. 아이에게 '학습' 대신 '습득'의 길을 열어 주고 싶었으나 능력 밖의 일임을 인정해야 했다. 안 듣고 못 봤다면 몰랐을 것들이 알고도 넘어가는 바람에 부러 죄책감만 자아냈을 뿐.

아이가 초등학교에 입학한 후 문득 주위를 둘러보니 영어 공부 안 하는 또래가 거의 없을 정도였다. 지방에다 소위 학군 좋은 동네도 아닌데 그랬다. 어학원, 교습학원, 방문 교육, 학교 방과 후 수업 등 경로는 다양했지만, 많든 적든 아이들의 시간은 공통적으로 영어에 매여 있었다. 일주일 내내 딸아이를 어학원에 보내고 있는 친구가 말했다. "에이, 걱정하지 마. 좀 더 있다 해도 돼. 저학년이라 놀면서 어르면서 하다 보니 별로 배우는 것도 없는 것 같더라고. 아직은 효율성이 좀 떨어진달까. 유치원 때 친구들이 다 가니까 저도 가는 거야. 시간도 좀 때우고." 고개를 끄덕이면서도 불안감은 사라지진 않았다. 그래도 수년간 주위들은 풍월이 있을 텐데, 뭐가 달라도 다르지 않을까. 아이가 원하지 않는다는 이유로 이대로 손 놓고 있어도 괜찮은 걸까. 영어 과목이 정규 교육과정에 편성돼 있는 게 초등학교 3학년부터이니 좀 더 기다려보자 싶으면서도, 돌아서면 또 헷갈렸다. 조기 교육 안 하려다가 적기마저 놓치는 건 아닐까, 뒤처져 있다는 인식이 성취감이나 자존감을 해하진 않을까 하는 걱정들. 해도 고민, 안 해도 고민이니 다들 일단 시작하고 보는 것일지도. 그편이 덜 불안하니까.

한글도 학교 입학을 몇 달 앞두고서야 시작해 이제 좀 한시름 놓을 만하니, 다음 관문은 영어인 모양이었다. 어째 등 떠밀려 참가한 레이스에 허겁지겁 남들 뒤따르기만 하는 느낌이었다. 아이의 의사를 존중하고 남과 비교하지 않으며 장기전에 임하는 마음으로 서두르지 않겠다던 다짐은 자주 시험대에 올랐다. 엄마표 영어에 탁월한 '능력맘'들이 온갖 매체를 통해 앞다퉈 비법을 전수하는 통에 사교육뿐 아니라 홈스쿨링에도 적극적이지 못한 나 같은 엄마는 한층 더 기가 죽곤 했다.

"처음에는 물에서 오래 버티기 기록만을 측정하다가 점점 모두가 웬만한 수준에 이르자 평가 방식은 수영 기법으로, 잠수로, 다이빙으로 진화한다. … 평생 잠수할 일 없어도 수영 잘 가르치는 학원을 찾고 본토의 다이빙 자세를 전수받기 위해 필사적으로 노력하고 어느 정도의 성과를 내려고 노력한다. 그리고 물에 뜰 줄만 아는 사람을 향해 자신처럼 노력하지 않은 사람이라면서 평생 무시한다."

사회학자 오찬호가 『결혼과 육아의 사회학』이라는 책에서 대한민국 교육 시스템의 현주소를 수영에 빗대어 표현했다. 2014년 초등학교 교육과정에 생존수영이 도입됐는데, 이를 염두에 둔 웃픈 비유다. 적절한 수준에 익숙해지면 세상을 살아가고 이해하는 데 도움이 될 것을, 누가 '더' 잘하는지 가리려다 보니 배움의 본질에서 멀어지고 불필요한 경쟁만 양산하는 꼴이 된다는 거다. '본토의 다이빙 자세'라니, 진짜로 저렇게 되는 건 아니겠지.

2018학년도 수능부터 영어 영역은 절대 평가제로 전환했다. 꼭 '더' 잘하지 않아도 일정 성취 기준에 도달하면 '누구나' 1등급을 받을 수 있다는 얘기다. 학습 부담을 경감시키고 영어 사교육을 억제하며 학교 영어 교육을 정상화하고자 한 취지였으나, 돌아가는 꼴이 그렇지 않다. 엄마들 사이에서 심심찮게 이런 말이 나온다. 영어는 초등학교 때 마스터해야 한다, 중·고등학교 때는 변별력 있는 여타 과목에 매진해야 하므로. 이러니 영어 조기 교육 시장이 더욱 문전성시를 이룰 수밖에.

'학습'이 아니라 '습득'을 위한 것이라면 뇌가 활발히 형성되는 유년기에 언어를 배우는 게 유리하긴 할 테다. 세계화 속에서 살아남기 위한 생존 수단이자 경쟁력으로써 영어 실력이 중요한 것도 십분 동의하는 바이다. 다만 태중의 아이마저 타깃 삼아 온 나라가 영어 교육으로 수선스러운 통에 종종 신물이 난다. 그럼에도 주저리주저리 한마디 보태는 까닭은 신경이 쓰여서다. 불안해서다. 시험 기간에 공부 하나도 안 하면서 남몰래 초조해하는 쫄보 게으름뱅이처럼. 남들이 뭘 하든 꿋꿋이 '마이웨이'를 고집

할 위인은 못 되므로.

아이가 "나 영어 공부해야겠어. 학원 보내 줘."라고 자발성을 발휘할 때까지 인내심을 가지고 기다려 줄 자신은 없다. 그런 일은 영영 일어나지 않을지도 모르니까. 약빠르게 동기를 부여하거나 보상으로 구슬려 조만간 영어 사교육에도 뛰어들게 되겠지. 늦어도 3학년이 될 즈음해서는. 사교육 없이 영어에 능통한 아이들의 사례는 대부분 '그럴 만한' 여건이 배후에 있다. 외국에 살다 온 경험이 있거나 부모의 영어 실력이 뛰어나거나 아이를 전담 마크할 보호자가 있거나. 배후는 생략하고 부모의 노력만을 강조하는 기만적인 노하우들 좀 그만 전시했으면 좋겠다. 적어도 여기서 더 불안해지지는 않게.

이왕지사 '습득'은 물 건너간 '학습'의 길일지라도 아이가 저 스스로 공부의 이유 정도는 찾을 수 있기를 바란다. 효율성으로 따지자면 본인의 필요에 의해 주체적으로 노력하는 케이스가 최고일 테니까. 그게 그저 대학을 잘 가기 위한 도구적 기능을 띨 뿐일지라도. 하지만 적어도 내가 학창 시절에 경험한 것보다야 진일보한 형태의 학습을 경험할 수 있기를. 실용을 표방한 영어 교육을 평생에 걸쳐 안팎으로 실시하는데 그 결과는 뭐가 달라도 달라야 하지 않겠는가. 요즘 아이들은 "하우 얼 유?"라는 질문에 얼마나 다양한 대답을 떠올릴 수 있을까.

일탈을
옹호합니다

아이가 감기 기운을 핑계 삼아 등교를 거부한 적이 있었다. 자기 때문에 친구들도 감기에 걸릴지 모른다며 난데없이 인간애를 발휘하는 통에 아침부터 웃지 못할 실랑이가 벌어졌다. 콧물, 기침 증세가 있긴 했지만 결석할 정도는 아닌 것 같아서 등교를 준비하려는데, 별안간 아이가 내 다리에 매달리더니 간절한 호소의 눈빛을 보내기 시작했다. 아뿔싸, 나의 망설임을 간파한 아이는 소파에 누워 뻗대기 작전에 들어갔다. 일단 등교했다가 상황 봐서 조퇴하는 조건으로 다시 설득해 보려 애썼지만 결국 아이 뜻대로 되었다. 유치원 때부터 종종 있던 일이라 완강하게 버티면 으레 승낙해 주겠거니 여기는 듯했다. 내가 휴직 상태니 가능한 일이었겠으나 '죽어도 학교에서 죽어야지.' 같은 유의 생각은 버린 지 오래라 어차피 내가 질 싸움이었다.

'내가 애를 너무 나약하게 키우는 건 아닐까. 아픔을 견디는 경험도 어느 정도는 필요할 것 같은데…. 저러다 습관 되면 어떡하지.' 이런저런 염려는 나의 전반적인 양육 방식에 대한 성찰로 이어졌다. 아이의 의견을 존중하는 것과 아이에게 휘둘리는 것의 경계를 넘나들며 살았다. 무르고 우유부단한 나 때문에 아이가 더더욱 기가 살아 제 고집대로만 하려고 드나 싶기도 했으니까. 하지만 어쩌랴. '아직 어리니 저러겠지.'라는 생각이 먼저인 것을. 유치원이든 학교든 몸 아파서 하루 빠지는 게 뭐 그리 대수냐 싶은 것을. 코로나다, 교외 체험 학습이다, 해서 개근의 의미가 날로 무색해지는 판에.

집에서 무른 사람이 밖에 나간들 강단이 생기랴. 나는 학교에서도 물러 터진 교사였다. 담임을 맡을 때면 학급 아이들이 찾아와 이런저런 이유를 대며 조퇴시켜 달라고 할 때가 많다. 유난히 우리 반 애들이 자주 찾아오는 것처럼 느껴지는 건 그냥 기분 탓인가.

"그래, 오늘은 어디가 아프신지 한 번 들어나 보자. … 음, 그럴 거면 그냥 조퇴 말고 자퇴 어때? 이 녀석아, 나야말로 학교에서 순직할 판이다."

이렇게 툴툴거리면서도 아이의 말에 귀 기울이려 애쓴다. '그래, 너도 여기까지 오는 게 쉽지는 않았겠지.' 싶어서다. 물론 내가 만만한 캐릭터라 더 편하게 찾아오는 걸 수도 있겠지만. 여하튼 지금 몸 상태가 정확히 어떤지, 학교를 나서면 무엇을 어떻게 할 계획인지를 세심하게 묻고 살핀다. 필요할 땐 부모님과 통화도 하고 계획에 없던 상담을 하기도 한다. 조퇴가 아니라 관심이 필요해서 찾아오는 아이들도 꽤 있으므로.

하루는 쉬는 시간마다 찾아와서 앓는 소리를 해대는 우리 반 꾸러기 하나를 결국 조퇴시켰더니, 그의 절친 한 녀석이 쪼르르 달려와서 볼멘소리를 했다.

"선생님, 저도 아파요. 저도 보내 주세요."

이 철없는 녀석을 어찌하리오. 간만에 버럭 화를 내며 교실로 돌려보내 놓고 나니, 한편으로는 씁쓸한 생각이 들었다. '너에게는 조퇴가 부러운 일이었구나.' 싶어서. 아픈 몸이나 피폐한 정신을 이끌고 무언가를 하려면 스스로 납득할 만한 이유나 의미가 있어야 하는데, 그게 없는 아이들에게 조퇴는 가장 쉽게 떠올릴 수 있는 탈출구인지도…. '오고 싶은 학교, 머물고 싶은 학교'는 묘연한 이상인 걸까.

아이들의 몸 상태는 제각각이고, 인내의 극치도 저마다 다르다. 각자에게 나름의 사정이란 게 있으므로 모두에게 통하는 신통한 묘안도 없다. 몸과 마음이 하는 말에 민감해져야 하고 미련하게 참기만 하는 것이 능사가 아님을 잘 알고 있지만, '요즘 것들은 참을성이 없어.'와 같은 꼰대스러운 생각을 아주 버리는 것 또한 힘들다. 징징대는 아이들로 인해 반복되는 감정 소모에 지칠 때, 내가 조퇴 결정권을 쥐고 있는 담임이라는 사실마저 피곤하게 느껴진다. 나도 확 그냥 이렇게 말해 버릴까.

"오늘부로 우리 반에 조퇴란 없다! 이제 아무도 찾아오지 마! 무조건 버텨!"

아무래도 어색하다. 대번에 아이들이 콧방귀를 뀔지도.

이쯤에서 사실을 하나 밝히자면, 나는 개근상을 한 번도 받아 본 적이 없다. 일 년에 한두 번은 꼭 결석이나 조퇴가 있었으니까. 그 흔한 감기도 그냥 조용히 넘어간 적이 없었다. 감기 기운이 있을라치면 당장 병원을 찾거나 비상약부터 삼키곤 했다. 조급한 대처로 면역력이 약해지진 않을까 염려하면서도 당장의 고통과 불편에 극도로 예민하게 반응했다. 묵묵히 참느라 병을 키운 경험은 나와는 먼 이야기였다.

학창 시절은 물론이고 교사가 되고 나서도 몸과 마음이 소용돌이치는 날에는 망설임 없이 자체 휴식을 선택했다. 대체로 근면성실하게 살았지만, 간혹 찾아오는 '그날'에는 주저 없이 일탈을 시도했다. 나의 즉흥적인 일탈이 누군가에게 폐를 끼칠 수 있다는 걸 알면서도 그랬다. 나의 빈자리가 타인의 수고로 채워진다는 사실이 겸연쩍으면서도 '원래 삶이란 게 민폐 사슬이지.'라며 합리화하곤 했다. 입장이 바뀌어 내가 타인의 몫까지 해내야 할 날이 오면, 그날의 수고로움을 불평 없이 받아들일 준비를 하면서.

출근길에 별안간 발길을 돌려 기차역으로 향한 적이 꼭 한 번 있었다. 집과 학교를 벗어나 어디로든 도망가고 싶은 마음. 엄청난 죄를 짓는 기분이 들어 끊임없이 심장이 쿵쾅댔다. 우리 반 아이들, 오늘 해야 할 수업, 나 대신 보강 들어가야 할 동료 선생님들 얼굴이 차례로 떠올랐지만 결국 걸음을 돌리진 못했다. 학교에 전화를 걸어 적당히 둘러댄 후, 무작정 경부선 열차에 올랐다. 차창 밖 풍경을 멍하니 바라보다가 불현듯 떠오른 친구가 있어 전화를 걸었다. 갑작스레 찾아온 나를 보자마자 친구가 이렇게 말했다.

"야, 너 되게 재밌게 산다."

계획에 없던 여행과 간만의 재회는 그간의 스트레스를 풀기에 충분했다. 마음 한구석 찜찜하고 죄스러운 마음이야 완전히 떨칠 수는 없었지만. 그날의 일탈을 무사히 마무리 짓고, 다음 날 아침 나는 그 어느 때보다 가뿐한 몸으로 출근했다. 뭔가 켕기는 게 있는 사람만이 지을 수 있는 간사한 미소를 띤 채. 우리 반 아이들도 학교도 내 자리도 모두 무사했다. 나 하루 없다고 학교가 안 돌아가는 건 아니었다.

시간을 돌려 앞선 선택의 순간들을 다시 마주한대도 나는 같은 결정을 내릴 확률이 높다. 아이의 응석을 외면하지 못하고 꾸러기들의 엄살을 눈감아 주기도 하면서, 나의 일탈을 '스스로의 안녕을 위한 용단' 따위의 말로 포장하려 들 테니 말이다. 어떤

게 현명한 선택일까 늘 고민하지만, 나라는 인간이 가지고 있는 관성의 패턴을 바꾸기가 쉽지 않다. 아마 앞으로도 나는 소소한 일탈을 옹호하며 살아갈 것이다. 가수 자우림의 노래 〈일탈〉 속 구절, '아파트 옥상에서 번지 점프를, 신도림역 안에서 스트립 쇼를' 할 정도까진 못 되어도 '할 일이 쌓였을 때 훌쩍 여행을' 떠나는 정도는 기꺼이 해 보려는 마음이랄까.

제주
한 달 살이의 기록

    나에게 여행은 또 하나의 미션이었다. 천천히 발길 닿는 대로 떠나는 여행을 꿈꾸면서도 현실은 그렇지 못했다. '내가 언제 또 여길 와 보겠어?'라는 생각 때문에 자꾸만 발걸음이 빨라지곤 했다. 가봐야 할 곳 리스트를 만들고 동선의 효율성을 고려하여 촘촘하게 계획을 세웠다. 계획에 따라 분주히 움직이고 나면 즐거움보다 뿌듯함이 앞서기도 했다. 하지만 이번엔 한 달이었다. 휴직 상태가 아니었다면 불가능했을 기간. 시간은 충분했고, 나 혼자서 아이를 데리고 떠나는 여행이라 변수가 많을 게 뻔했다. 계획이 무용해질 가능성이 컸다. 뭐, 해외도 아니고 제주도니 딱히 걱정할 것도 없잖아.

    하지만 막상 제주도에 오니 넋 놓고 있을 수만은 없었다. '내가 언제 다시 제주의 가을을 이리 길게 즐길 수 있겠어.'라는 생각이 습관처럼 야금야금 피어올랐다. 공항에서 챙겨 온 각종 리플릿을 뒤적이고 블로그와 인스타 게시물을 검색해서 강추 여행지와 맛집 리스트를 메모했다. 아이와 꼭 가 볼 만한 제주의 명

소가 너무 많은 게 문제였다. 다른 데서 못 먹는 것, 못 하는 것을 야무지게 먹고 즐기며 알차게 보내고 싶었다. 한 달도 모자라겠다는 생각이 들었다.

햇살이 더없이 좋은 날이었다. 다음날부터 며칠간 비 소식이 있어서 그 전에 올레길 한 번 걸어 보려고 코스까지 다 알아봐 둔 터였다. 그런데 웬걸, 아이가 대뜸 통보하듯 말했다.

"엄마, 나 오늘 안 나갈 거야. 숙소에서 형아들이랑 친구들이랑 놀기로 했어. 오늘은 엄마 혼자 놀아."

아이의 선포에는 어떤 설득에도 고집을 꺾지 않겠다는 비장한 다짐이 서려 있었다. 억지로 데리고 나가 봐야 나만 피곤해질 게 뻔했다. 아쉽지만 어쩔 수 없었다.

아이의 요구대로 큰 돗자리를 꺼내 숙소 마당에 펼쳐 주었다. 아이들은 각자 집에서 블록, 색종이, 스케치북과 색연필 등 놀거리를 하나씩 들고나오더니 삼삼오오 모여 앉았다. 한참을 그렇게 놀더니 숨바꼭질도 하고 '무궁화꽃이 피었습니다'도 하고 킥보드 경주도 했다. 아이들이 보이는 곳에 앉아 꼬박 한나절을 보냈다.

"오늘 어땠어? 재밌었어?"

"응, 엄마. 정말 재밌었어. 오늘이 최고였어."

아이는 한껏 상기된 얼굴로 엄지를 치켜들었다. 늘 부지런을 떨며 살아온 나로서는 이렇다 할 성과 없이 하루를 보내는 게 영

익숙지 않아 좀이 쑤셨는데, 아이가 기억하는 하루는 이토록 달랐다. 그날 생각했다. 나를 위한 여행은 무엇이고 아이를 위한 여행은 무엇일까. 나는 무엇을 바라고 여행을 시작했나. 장소가 중요한 건 아니라고, 함께 하는 시간이 더 중요하다고, 그간 아이에게 소홀했던 날들을 만회하고자 떠나온 곳에서 나는 또 어느새 조급한 여행자가 되어 있었다. 아이 덕분에 여행의 취지를 다시금 떠올린 하루였다.

그날 이후로 아이는 자주 숙소 밖을 나가지 않으려 했다. 저야 노느라 정신없었지만, 나에게는 아무것도 하지 않고 아무 데도 가지 않는 날들이 이어졌다. 처음엔 갑갑하고 따분했으나 점점 그 시간들에 익숙해지기 시작했다. 무엇보다 아이가 친구들과 노느라 나를 귀찮게 하지 않는다는 점이 마음에 들었다.

여러 세대가 다닥다닥 붙어 있고 큰 마당을 공유하는 형태의 가족 단위 숙소를 선택한 이유는 아이가 외동이기 때문이었다. 함께 놀 친구가 이웃에 있어야 했다. 한 달 동안 우리 둘만 붙어 있기에는 저도 심심하고 나도 힘들 테니까. 아이에게 친구를 만들어 주려고 호시탐탐 기회를 노리는 건 외동을 둔 부모의 숙명이었다.

처음엔 아이가 친구들과 노는 모습을 노상 지켜보고 있었다. 행여나 얌체 짓을 하진 않을까, 갈등 상황에 취약하진 않을까 하는 노파심 때문이었다. 하지만 어느 순간 그런 걱정이 무용하게 느껴졌다. 설사 그렇다고 하더라도 내가 해 줄 수 있는 건 딱히 없으니까. 또래와 어울리는 과정에서 겪을 수밖에 없는 여러 갈등 상황과 나름의 해결책을 찾아가는 경험은 오롯이 저의 몫이지 나의 몫이 아니었다. 지레 '외동이니까'라는 생각에 사로잡혀 있을 필요는 없었다. 새삼 둘째를 낳겠다는 결단을 내릴 게 아니라면야. 오히려 이번 기회에 저 스스로 많은 것을 배우고 느끼길 바랐다.

저는 저대로 나는 나대로 각자의 시간을 즐기면 될 일이었다. 책을 보고 커피를 마시고 혼자 동네 산책에 나섰다. 평생을 바쁘게 살아왔는데 별일 없이 보내는 한 달만큼 귀하고 값진 시간이 또 있을까 싶기도 했다. 명소에 대한 강박과 아이를 향한 염려에서 벗어나니 한결 자유롭고 홀가분한 상태가 되었다. 엄마랑 노는 게 제일 재미있다며 당최 나랑 떨어지려고 하지 않던 아이도 그사이 훌쩍 자라 있었다.

애초부터 예상한 바이긴 했으나 아이는 자주 내 바람대로 움직여 주지 않았다. 산굼부리 억새밭을 찾은 날이었다. 멋진 풍경에 한참을 넋 놓고 바라보다가 '어머, 이건 남겨야 해.'라는 생각이 번뜩 들어 아이를 조르기 시작했다. "우리 같이 사진 하나만 찍자." 삼각대를 세우고 배경과 구도까지 잡아 놨지만 아이는 내

부탁에 묵묵부답이었다. 아이는 억새로 바닥을 비질하는 일에 홀딱 빠져 나를 쳐다보지도 않았다. 한참을 그러더니 이번에는 돌에 붙은 메마른 이끼를 손톱으로 긁어내기 시작했다. 결국 기다리다 못해 아이 옆에 퍼질러 앉았다. 햇살은 따뜻하고, 바람은 서늘했다. 억새는 황금물결로 일렁이고, 사람들은 저마다 사진 찍느라 바쁘고, 아이는 혼자만의 세상에 빠져 있었다.

끊임없이 셔터를 눌러대는 것도 결국 욕심 아닌가. 나는 왜 이렇게 부지런히 사진을 찍나. 만 장이 넘는 사진을 카메라에 담아놓고 제때 인화하지도 않은 채 묵혀 두기만 하면서. 누군가에게 보여 주려고 찍는 것도 아니잖아. 그냥 내 눈에 담자, 내 마음에 담자.

이런저런 생각에 빠져 있는데 갑자기 아이가 나를 불렀다. "엄마!" 하는 소리에 돌아봤더니 저만치서 아이가 V자를 하고는 해맑게 웃고 있었다. 노을과 억새와 사랑스러운 아이의 조합이라니. 그 모습을 영원히 남기고 싶은 마음에 재빨리 셔터부터 눌렀다. 찰칵. 넌 왜 나랑 늘 타이밍이 다른 거니. 그러면서 또 찰칵.

여행이 그런 건지 삶이 그런 건지, 계획대로 흘러가지 않는 곳에서 더 놀라운 일이 벌어지기도 했다. 수월봉에서 전기 바이크를 타고 서쪽 해안을 훑으며 달렸던 날, 우린 우연히 야생 돌고래 떼를 만났다. 사실 비싼 값을 주고 돌고래 요트 투어를 다녀

온 지 얼마 되지 않았을 때인데, 투어 때보다 훨씬 더 가까운 거리에서 돌고래 떼를 볼 수 있었다. 잠시 쉬어가던 해안가에서 뜻밖에 돌고래 떼를 발견한 경이로움이란…. 공짜로 본 것이니 더 좋았을까. 아니, 그보다는 생각지도 못한 만남, 예기치 못한 행운이어서 더 반가웠던 것 같다. 단단히 벼르던 만남이 시시하게 끝나는 일은 종종 있으니까. 딱히 계획이 없다는 건 모든 가능성을 열어놓는 일일 수 있음을 우린 그날 배웠다.

현실로 돌아온 나는 또다시 목적의식에 사로잡혀 갈 길이 멀다고 아이를 재촉할지도 모른다. 그런 순간이 올 때면 제주에서 보낸 한 달을 떠올려야겠다. 느릿느릿 빈둥빈둥 살았던 시간 동안 우리가 공유한 소소한 재미들을. 목표를 향해 쏜살같이 달려갈 때 놓쳤던 것들을 주섬주섬 챙겨 담는 기쁨들을. 서로에 대한 맹렬한 집중에서 벗어나 따로 또 같이 즐겼던 한 달간의 느슨한 여행은 어쩌면 아이보다 나를 더 키웠는지도 모르겠다.

베풀 팔자와
기생하는 삶

주말 아침이다. 모처럼 늦잠을 자고도 한참을 뭉그적대다가 11시가 가까워서야 첫 끼니를 먹는다. 멸치볶음, 콩나물무침, 깻잎조림, 진미채볶음 등 온갖 밑반찬에 각종 김치, 거기다 꽃게가 듬뿍 들어간 된장찌개까지. 이만하면 진수성찬이다. 상다리 휘어지게 한 상 차리고 보니, 내가 한 거라고는 된장찌개 데우고 반찬 덜어낸 것뿐. 시댁이 지척에 있고 솜씨 좋은 어머님을 둔 덕에 참 잘도 챙겨 먹는다.

어머님의 일상은 두 개의 축을 중심으로 돌아간다. 밥 짓기와 퍼주기. 은퇴한 아버님의 삼시 세끼뿐 아니라 맞벌이 아들 내외의 끼니까지 모든 게 어머님 손에 달려 있다. 매일같이 시장에 들러 신선한 재료들을 한가득 사 온 후, 씻고 다듬고 데치고 무쳐서 맛깔나는 어머님 표 음식들을 뚝딱뚝딱 만들어 낸다. 김치는 김장 때뿐만이 아니라 무시로 만들어진다. 어떤 음식이건 기본량이 족히 한 솥은 되는데, 늘 하시는 말씀. "나눠 먹으면 되잖아." 정성 가득한 음식들을 아들네뿐 아니라 가까운 친인척과 친구, 심지어는 사돈에게까지 인심 좋게 퍼 나른다. 사돈에게 고추장, 간장, 된장에 김치까지 얻어먹는 집은 우리 집밖에 없을 거라며 엄마가 혀를 내두른다. 어쨌든 마다하시진 않는다는 거. 그 와중에 틈틈이 절에서 공양 봉사까지 하는 어머님. 도대체 언제 쉬시는 건지. "우짜든동 잘 먹는 게 최고다." 이게 우리 어머님의 지론이다. 정작 본인은 살찐다고 하루 한두 끼밖에 안 드시면서.

"나는 평생 베풀 팔자여." 어머님이 입버릇처럼 되뇌는 말이다. 푸념이자 자기 위안이자 숭고한 승화 같기도 한 그 말을 자꾸 듣다 보니 진짜 그런가 싶기도 했다. 어머님께 받아먹는 게 너무 익숙하고 당연해져서 내가 언제 요리다운 요리를 해 봤나 기억이 가물가물할 정도. 원래 그쪽에 취미도 없거니와 센스도 부족해서 조금의 응용도 없이 레시피대로만 요리하던 위인이 그마저도 할 필요가 없어지자 그냥 '요알못'이 되었다. '잘 먹고 잘 치우기나 해야지.' 하고 살았다.

죽은 어머니의 삶을 회상하는 책, 프랑스 소설가 아니 에르노의 『한 여자』 속에는 이런 구절이 나온다. "어머니는 자기 자체로는 사랑받지 못할까 봐 두려워하며, 자신이 주려는 것으로 사랑받기를 바랐다." 주어야 사는 사람, 주는 행위를 통해 존재 이유를 찾고 자신의 필요를 확인하는 사람. '우리 어머님도 그렇지 않을까.'라는 생각이 들었다. 문득 서글퍼졌다.

우리 집 냉장고도 채워 줄 겸 손자도 볼 겸 해서 어머님은 자주 우리 집에 들르시는데, 올 때마다 그냥 앉아 계시는 법이 없다. 말릴 틈도 없이 싱크대에 쌓여 있던 설거짓거리를 씻거나 며칠째 건조대에 방치됐던 옷가지들을 거두어 곱게 개기도 하고, 창문틀에 묵은 먼지를 훔치는 등 일을 찾아서 하느라 내내 분주하시다. 그걸로 모자라 가는 길 양손에는 분리수거할 거리가 한가득. "어머님, 그냥 두세요. 저희가 하면 돼요." 내가 몸 둘 바를 몰라 발을 동동거리면 돌아오는 대답은 매한가지. "내야 뭐 하는 게 있나, 집에서 노는 사람이…. 이게 뭐 별거라고."

하지만 나는 안다. 어머님 말씀대로 똑같이 '집에서 놀고 있는' 아버님은 줄곧 소파만 지키고 계신다는 걸. 젊은 시절 맞벌이를 했을 때도, 바꿔 말하면 '집에서 놀고 있지' 않았을 때도 각종 집안일은 모두 어머님의 몫이었다는 걸. 밥 짓고, 청소하고, 빨래하고, 정리하는 일련의 과정이 결코 '별거 아닌' 게 아니라는 것도. 평생 몸을 가만두지 못한 탓에 그 모든 가사노동이 자동화돼버린 걸까, 안 하면 허전할 정도로. 어쩌면 '베풀 팔자'라는 것도 쉼 없는 노동을 미화하고 눈가림하는 말이 아닐는지. 남편과 자식을 비롯한 주변 타인들에게 인정받고 사랑받고 싶은 마음이 어머님의 하루를 그토록 바쁘게 만들었을까.

그이에게 말했다. "이렇게까지 안 하셔도 되는데. 적당히 사먹고 해도 되잖아. 맞벌이라는 이유로 우리가 어머님께 너무 의존해 왔던 것 같아. 이제 어머님 본인만의 삶을 좀 즐기셨으면 좋겠어." 그이가 말했다. "나라고 그런 말 안 해 본 줄 아냐. 놔둬, 그게 엄마 삶의 기쁨이겠지." 나도 막연히 그런 생각을 한 적이 있었다. 내 깜냥으로는 어머님의 사랑과 희생을 가늠하지 못하는 걸 거라고. 다만 그의 무심한 태도가 마음에 걸렸다. 설사 어머님의 진짜 속내가 그렇다고 하더라도 과연 그게 다일까 의심해 보는 단계 정도는 거쳐야 하는 것 아닌가. '엄마표 밥상'에 가려진 엄마의 노동과 삶을 저토록 쉽게 요약해도 되는 건가. 그의 속 편한 결론에서, 가사노동의 책임으로부터 상대적으로 자유로운 이의 건조한 시선 같은 게 느껴졌다.

가끔 이런 생각이 든다. 아빠보다 엄마, 아버님보다 어머님이 먼저 돌아가시면 어떡하지? 아버지들의 죽음을 상상할 때보다 어쩐지 더 아찔하다. 아마도 혼자 남겨진 아버지들의 끼니 걱정 때문이 아닐까. 평생 차려 준 밥만 먹고 살아온 분들이 혼자서 밥은 잘 차려 드실까 하는 생각. 내가 딸이고 며느리여서 더 부담스럽다. 남동생이나 남편은 나만큼 부담을 느낄 것인가. 언젠가 명절에 일가친척이 다 모인 자리에서, 시댁 어른들이 작은 아버님네 며느리를 두고 하는 말을 들었다. 부인과 사별 후 작은 아버님 혼자 사는 상황이었는데, 아들네가 지척에 있어도 며느리가 반찬 한번 안 챙긴다더라 하는 거였다. 그들 부부는 맞벌이였다. 여성의 부재를 끼니의 부실함으로 실감하고 끼니 마련의 의무는 으레 다음 세대의 여성에게로 전가하니, 듣고 있기가 참으로 불편했다. 그 어디에도 아들의 의무는 없었다.

언젠가부터 '엄마 손', '엄마표' 이런 말들이 징글징글하게 느껴진다. '제일 맛있는 밥은 남이 한 밥'이라는 중년 여성들의 넋두리가 그냥 들리지 않는다. 엄마들끼리 여행을 갔는데 가장 좋았던 게 뭐냐고 묻자 '호텔 조식'이라고 답했다는 그런 이야기들. 웃기면서 슬프다. 모순적이게도 "집밥이 최고지."라고 외치는 이들은 대개 남자거나, 밥 짓는 노동의 수고로움을 몸으로 느끼지 못한 이들이다. 나 역시도 그 노동의 면면을 다 알지 못한다. 소위 '바깥일'을 하느라 다른 여성의 돌봄 노동에 기대어 살았으므로. 어머님의 노동에 기생하는 삶, 끼니때마다 엎드려 절하고 싶은 마음과는 별개로 한 여자의 고단한 노력의 산물을 매일 마주하는 것이 그리 편하지만은 않다.

천공의 바람이
그대들 사이에서 춤추도록[*]

독일 시인 릴케의 『젊은 시인에게 보내는 편지』에는 이런 구절이 나온다. "누구도 함께할 수 없는 당신의 성장을 기뻐하십시오." 나는 의아했다. 인간은 인정 욕구를 가진 사회적 동물이 아닌가. 누구도 함께할 수 없는 나의 성장은 어떤 걸 의미할까. 무릇 기쁨이란, 나누면 배가 된다고 하지 않았나. 한참을 그 구절에 붙들려 있었다. 얼마 전 영국 소설가 도리스 레싱의 「19호실로 가다」를 읽으며 릴케의 문장이 문득 떠올랐다. 왠지 그 의미를 알 것 같은 느낌.

소설의 주인공 수전은 크고 좋은 집, 지적이고 유능한 남편, 사랑스러운 네 아이까지 '누구라도 스스로 선택할 수만 있다면 선택하고 싶은 삶'을 누린다. 네 아이 모두 학교에 들어간 후 '자기만의 삶이 있는 여성으로 서서히 해방될 준비'를 하지만, 그녀는 생각만큼 자유롭지 않다. '그녀가 억지로 수전이라는 사람에 대해 생각해 보려는 순간 아이들이 학교에 입고 갈 옷이나 버터

[*] 칼릴 지브란의 『예언자』 중에서

쪽으로 생각의 방향이 홱 바뀌어' 버리곤 하기 때문. '엄마의 방'을 만들어 혼자만의 시간을 보내려 한 계획도 실패로 돌아가고, 결국 수전은 '절대적인 고독, 아무도 그녀를 모르고 신경도 쓰지 않는 고독'을 위해 더럽고 허름한 호텔 방을 찾는다.

30여 년 전에 출간된 소설이지만 나는 수전에게 깊이 공감했다. 그녀의 공허와 불안, 우울과 슬픔은 현시대 여성의 그것과 크게 다르지 않았다. 예전보다 기혼여성의 경제활동 참여율이 큰 폭으로 증가했다 해도, 여전히 가사노동과 육아의 책임은 엄마에게로 기울어져 있으니까. 수전은 아내와 엄마로서의 삶이 '자신의 본질이 일시 정지 상태로 차가운 창고에 들어가 있는' 것과 같다고 느낀다. 결혼 전에는 유능한 광고 회사 직원이었지만 지금은 '봉투 겉봉에 주소를 쓰는 일'이나 '여론 조사원' 같은 시간제 일자리를 떠올릴 수 있을 뿐. 그녀처럼 임신과 출산으로 경력이 단절되고, 가족 돌봄에 자아를 소진해 버린 여성은 지금 내 주변에도 널리고 널렸다.

수전은 의문을 품는다. '결혼 생활을 지탱하는 데에 자신만큼이나 큰 역할을 하고 있는 남편은 왜 갑갑함이나 초조함을 느끼지 않는 걸까?' 출산 후, 다니던 직장을 그만두고 십 년째 두 아이 육아에 전념하고 있는 친구가 비슷한 말을 한 적이 있다. "남편은 승진을 거듭하며 사회적으로 자기 가치를 인정받고 있는

데, 난 왜 십 년을 잃어버린 느낌이 드는 거지?" 다른 여성의 돌봄 노동에 기대어 가까스로 경력을 이어가고 있는 내가 말했다. "글쎄, 남편으로서 아버지로서 성실하게 산다는 건 기존의 하던 일을 최선을 다해 계속하는 걸 의미하기 때문 아닐까. 남자들은 결혼 후에도 정체성의 변화를 크게 겪지 않는다는 말이지." 남몰래 느끼는 분노와 박탈감, 불평등 속에서 유지되는 집안의 화목, 모성에 속박된 정체성 등은 결코 수전의 이야기만이 아니었다. 나와 친구가 비혼을 열렬히 응원하게 된 데에도 앞선 이유들이 나열되니까.

호텔을 드나드는 아내에 대한 남편의 통속적인 오해—아내에게 애인이 생겼다는 것—를 구태여 부정하지 않은 채 수전은 결국 죽음을 선택한다. 그녀가 남편으로부터 이해받지 못해서 자살한 건 아닐 것이다. 자발적 추방을 통해 간신히 마련한 고독이 침해되고 말았으므로, 누구와도 공유할 수 없는 자신만의 시간과 삶이 훼손돼 버렸으므로. '나는 혼자야, 나는 혼자야, 나는 혼자야.'라고 아무리 되뇌어도 고독의 행방은 묘연하고, 회복 불가의 절망만을 마주했으므로. 릴케가 말한 '누구도 함께할 수 없는 당신의 성장'을 누릴 수 있었다면 수전은 죽지 않았을 것이다.

이혼을 상상한다. 언제든 나의 일이 될 수 있으므로. 이혼을 두려운 일, 혹은 감히 마음먹지 못하는 일로 만들고 싶진 않다.

남편의 삶에 종속되지 않겠다는 비장한 다짐인 셈. 시간을 쪼개어 책을 읽고 모임에 나가고 내 이름만으로 맺어진 인연들을 가족만큼이나 귀히 여긴다. 그가 없어도 살 수 있어야 그와 함께여서 더 행복한 결혼 생활을 할 수 있으리라 믿으며. "그대들의 공존에는 거리를 두라, 천공의 바람이 그대들 사이에서 춤추도록. … 함께 서 있으라, 허나 너무 가까이 서 있지는 말라. 사원의 기둥들도 서로 떨어져 서 있는 것을. 참나무와 사이프러스 나무도 서로의 그늘 속에선 자랄 수 없다."라는 칼릴 지브란의 문장을 가슴에 새긴다.

누추하고 퀴퀴한 호텔 방에서 혼자 시간을 보내며 수전은 '어둡고 창의적인 황홀경'을 느낀다. 야심한 밤 홀로 글을 쓰는 나도 '누구도 함께할 수 없는 나의 성장'에 기뻐하며, 편안한 고독, 은밀한 충만감을 만끽한다. 나의 수전과 릴케와 칼릴 지브란을 그이는 모르므로. 이 순간과 나의 글을 그에게 이해받을 필요도 물론 없으므로.

어쩌면
당신에겐 아직[*]

나의 오랜 친구 S와 H를 만나러 가는 길이었다. 미리 선물을 준비하지 못해 이리저리 둘러보던 차에 기차역 광장 한쪽에 자리한 꽃집이 보였다. 다양한 크기의 꽃다발부터 카네이션 모양의 디퓨저, 앙증맞은 다육 식물과 어쩐지 처연한 느낌이 드는 드라이플라워까지. 규모는 작아도 나름 갖출 것은 다 갖춘 꽃집이었다. 출발 시각까지 30분이 남아 있던 터라, 나는 여유를 부리며 그 말쑥하고 환한 얼굴들을 연신 눈에 담고 있었다.

'행운을 가져다주는 식물, 기분이 좋으면 떠올라요.'

꽃들 틈바구니에 있던 작은 어항과 푯말에 일순 매료되고 말았다. 이끼 뭉치 같기도 하고, 조그만 털북숭이 동물처럼 보이기도 하는 것의 이름은 '마리모'였다. 블록 모양의 어항과 그 안에 함께 들어 있는 깜찍한 장식품만으로도 시선을 끌기에 충분했는데, 기분이 좋으면 떠오르는 식물이라니, 게다가 행운을 가져다주기까지 한다니. 믿거나 말거나, 떠도는 소문 같은 이야기일지언

---

[*] 문태준의 「종이배」 중에서

정 그날만큼은 믿어 보고 싶었다. 게다가 친구의 아이들이 이 신기한 생명체를 마주하고 지을 표정을 상상하니 그냥 지나칠 수가 없었다. 간만의 재회로 가뜩이나 달뜬 상태였는데 특별한 선물을 준비했다는 생각에 더 가벼워진 걸음으로 기차에 올랐다.

S의 집에서 하룻밤을 묵기로 하고 떠난 1박 2일간의 여행이었다. S와 H 그리고 나, 우리 셋은 같은 중학교를 졸업하고 고등학생 때 기숙사 생활까지 함께했기에 정말이지 서로 못 볼 꼴 다 본 사이였다. 게다가 대학도 모두 부산에서 다녔으므로 우린 줄곧 함께였다. 그러다가 둘은 직장 때문에 경기도로 떠났고 나만 부산에 남게 되었다. 셋 다 비교적 이른 나이에 결혼했고 아이도 비슷한 시기에 낳아서, 그동안은 각자 살기 바빠 만나기가 쉽지 않았다. 어쩌다 기회가 되어 이번엔 아이들을 떼놓고 우리끼리 만나기로 한 것이었다. 소풍을 기다리는 어린아이의 심정으로 지난 며칠을 보낸 터라, 아직 친구들을 만나기 전인데도 시간이 흐르는 게 아쉽게 느껴질 정도였다. 크리스마스보다 크리스마스이브가 더 설레듯, 기차에서 보낸 두 시간 내내 배어 나오는 웃음을 참을 수가 없었다.

S의 집에 들어서는 순간 나와 H는 감탄사를 연발했다. S의 따뜻하고 야무진 손끝이 느껴지는 아늑한 집이었다. S를 닮아 크고 순한 눈망울을 가진 아이의 흔적이 흐뭇한 미소를 짓게 했

다. 그래, 너는 이렇게 살고 있었구나. 그동안 우리 사이에 존재했던 공간적 거리감이 새삼 실감 나서, 그리고 지금은 이렇게 함께 있다는 사실에 감회가 새로워서 순간 먹먹한 마음이 되었다.

원목 식탁에 앉아 서로 안부를 주고받으며 시작된 이야기가 장장 12시간에 걸쳐 이어졌다. 저녁을 먹으면서도 술을 마시면서도 마침내 잠자리에 누워서도 우리의 이야기는 끊이질 않았다. 그도 그럴 것이 누구의 방해도 받지 않고 온전히 우리만의 시간을 즐기는 게 너무나 오랜만이었기 때문이다. 너무 말을 많이 해서 목이 칼칼해진 것도, 말하다가 지쳐 곯아떨어진 것도 참으로 오랜만에 해 보는 경험이었다.

엎어지면 코 닿을 거리에 모여 살았던 동네 친구들, 각자 집에서 저녁을 먹고 근처 학교 운동장에서 만나 다섯 바퀴고 열 바퀴고 돌며 시시콜콜한 일상을 나누던 사이. 우리는 겹겹의 시공간을 단숨에 뛰어넘어 과거의 그때로 돌아가 있었다. 아이를 키우며 일하는 삶, 더 가진 것과 덜 가진 것, 당연시되고 있는 당연하지 않은 것들, 우리를 끊임없이 시험에 들게 하는 순간들, 서로 같고도 다른 삶에 대하여…. 두서없는 넋두리의 연속이었지만 그 속에는 저마다 생에 대한 살뜰한 애정이 담겨 있었다.

이제는 시간과 돈과 노력을 기울여야만 겨우 만날 수 있는 사이가 돼 버린 것이 못내 서글펐다. 전처럼 서로의 일상이 되지 못하는 현실이 새삼 서운하면서도, 각자의 공간에서 스스럼없이 일상을 나눌 또 다른 누군가가 존재한다는 건 다행한 일이었다. 지금의 우리가 바라는 대로 조금 더 자유로운 삶을 살 수 있는 날이 오면, 그때의 우리는 세월의 흔적이 선연한 얼굴을 하고서 또 어떤 이야기를 나누게 될까.

집으로 돌아오는 길에 갑자기 궁금한 생각이 들어 '마리모'에 대해서 검색해 보았다. 공 모양의 담수 녹조류로 일본 홋카이도 아칸 호수의 명물인 희귀 생물, 광합성으로 인해 생긴 산소 기포들이 가느다란 섬유 속에 갇히면 그 부력으로 떠오르곤 하는 식물. 일출 시각에 광합성 작용이 더욱 활발하게 일어나기 때문에 아침에 떠오르는 경우가 많다는 것도…. 그런데 사실, 꽃집 사장님이 덧붙인 말이 있었다.

"글쎄요, 전 가라앉은 상태만 봐서요. 떠오르는 걸 보기가 어렵기 때문에 행운의 상징이 되었나 봐요."

S와 H에게는 언젠가 그 행운이 찾아올까. 물론 그러길 바라지만 한편으로는 이런 생각이 든다. '지금 우리에게 필요한 것이 과연 행운일까.'라는 생각. 행운이 따르는 삶을 바라던 때가 우리에게도 분명 있었다. 하지만 행운이든 기적이든 일상과 유리된 무언가를 좇는 것이 허망한 일이 될 수 있음을, 지금의 우리는 안다. "행운을 빌어."가 아니라 이렇게 말해 주었다면 더 좋았을까.

"마리모가 떠오르지 않는다고 해도 실망할 필요 없어. 물 아래 가라앉은 시간도 귀하게 품을 마음만 있다면 말이야."

그 긴 시간의 수다에도 아쉬움이 남는다. 미처 못다 한 이야기, 남은 마음들은 편지로나마 전해야지.

어쩌면 당신에겐 아직 소년의 얼굴이 남아 있습니까 물 아래 말갛고 조용한 모래들이 서로 반짝이듯이 하십니까

나는 멀리서 와서 당신의 잔잔하고 고운 말을 듣습니다 그리고 내 종이배에 싣습니다 나의 생일과 어제 꺾은 칡꽃과 나의 걱정과 함께 당신의 깨끗한 시내를

문태준 시인의 「종이배」라는 시의 한 구절이야. 우리에겐 아직 소녀의 얼굴이 남아 있을까. 우리의 만남은 늘 목적이 없어서 좋았지. 그렇게 함께한 시간이 우리 존재의 밑바닥에서 반짝이고 있을 거라 믿어.

따뜻한 아침 햇살 속에서 산소의 기포들을 껴안고 두둥실 떠오르는 마리모를 상상해 봐. 생각만 해도 흐뭇해지지 않니. 우리도 그처럼 이 모든 역할로부터 잠시나마 자유로울 수 있다면. 엄마로서 아내로서 직장인으로서가 아니라 오롯이 나 자신으로서 사는 순간, 우린 다시 앳된 소녀의 모습이 될 수 있을지도 몰라. 부디, 각자의 소녀를 돌보며 살아가기를.

내 종이배에 우리가 함께 나눈 모든 삶의 순간들을 실어 갈게. 몸은 떨어져 있어도 마음만은 늘 함께.

4.

너에게 책을 읽어 주다가

너와 나만의 시간

'내 존재의 바닥에 아주 낮게 깔려 있던 그 시간'

황현산의 산문집 『밤이 선생이다』에서 한참이나 시선이 머물렀던 구절이다. 작가는 어린 날의 고향 섬, 그리고 군인 시절 구보의 고갯길에서 만났던 마법의 시간이 불현듯 자신을 부른다고 했다. 죽었던 불이 되살아나듯 문득 내 가슴에서도 어떤 동요가 일어났다. 나에게도 이따금 불쑥 떠오르곤 하는 삶의 장면들이 있다. 어쩌면 그 순간들이 지금의 나를 만든 결정적 계기일지도.

네댓 살쯤에 살았던 그 집은 꽤 넓은 마당이 있었다. 주인집을 뒤돌아 들어서면 작은 집 한 채가 더 나타났는데 그곳에 세 들어 살던 시절이었다. 계단 층층이 놓여 있던 화분, 나지막한 돌담과 아담한 텃밭의 풍경은 남아 있는 사진에 의존한 것들이지만, 전적으로 내 기억에 남아 종종 곱씹게 되는 장면이 하나 있다. 큰 창으로 종일 들어오는 햇살에 늘 온기가 가득한 방이었는데, 마루로 통하는 미닫이문 바로 옆에는 오래되고 커다란 전축이 있었다. 어린 나는 자주 그 앞에서 시간을 보냈다. 낭독 테이프를 틀어 놓고 그림책을 뒤적이면서.

글자를 몰랐던 때이므로 그림 살펴랴 이야기 들으랴 난 꽤 분주했다. 그러나 테이프에서 흘러나오는 이야기와 내가 그림을 살피는 속도는 어긋나기 일쑤였고, 그럴 때마다 거실에 있는 엄마에게 지금 어디를 읽고 있는 거냐며 고래고래 소리를 질러댔다. 행여나 이야기를 놓칠세라 잔뜩 애달아 있었던 듯. 내 성화에 못 이겨 방을 찾은 엄마는 해당 페이지를 펼쳐 주고는 금세 또 나가곤 했는데, 나는 그게 못내 서운했다.

언젠가 엄마에게 그 기억에 관해 말을 꺼낸 적이 있었다. 할머니가 되어 손자에게 책을 읽어 주는 엄마의 모습을 바라보다 무심코 나온 말이었다. 이제 와서 과거의 엄마를 탓하거나 미안하다는 말을 듣자고 꺼낸 이야기는 아니었으나, 결국 엄마의 늦은 사과를 받아 버렸다.

"그즈음엔 틈틈이 부업에 매달렸었지. 한 푼이 아쉬울 때였으니까. 그때도 아마 기일 맞추느라 정신없었을 거야. 몇 번 왔다 갔다 하다가 조용해졌다 싶어 들여다보면 넌 잠들어 있곤 했지. 짠하고 미안하고 그랬어."

엄마인들 내 곁을 지키고 싶지 않았을까. 제각기 사정이란 게 있고, 시간과 돈이 여의찮을 뿐 부모 마음은 매한가지인 것을.

해 주고 싶어도 못 해 주는 마음이야 실로 죄스러운 것을.

아이를 가졌을 때 굳게 마음먹은 것이 하나 있었다. 언제 어디서든 함께 책을 읽으리라. 나에게 그보다 좋은 육아법은 딱히 떠오르지 않았다. 지금까지는 그럭저럭 잘 실천하는 중이다. 아이와 함께하는 시간의 대부분을 같이 책을 읽는 데 쏟으니까. 아이가 네댓 살이던 무렵, 퇴근이 늦어 깊은 밤에야 집으로 돌아올 때면 아이가 읽어 달라는 대로 한정 없이 책을 읽어 주곤 했다. 낮 동안 엄마를 보지 못한 것에 보상이라도 받으려는 듯 아이는 책을 들고 나에게 매달렸다. 취침 시간을 훌쩍 넘기고 저도 나도 잠이 쏟아지는데도 침대에 누워서까지 책을 놓지 않았다. 책을 읽어 주다 함께 잠들어 버린 밤이 숱하다. 저야 할머니 덕에 늦잠 자고 어린이집 가서 또 낮잠 자고 하면 될 일이었지만, 사실 나에겐 너무나 피곤한 일이었다. 그래도 그렇게 해야 아이에게 덜 미안했다.

사실 책 읽어 주는 건 여간 힘든 일이 아니다. 아이는 종종 읽기를 중단하고 앞장으로 넘어가 이야기를 다시 살피곤 했다. 이해되지 않는 부분을 꼬치꼬치 캐묻기도 하고, 관련된 경험을 늘어놓기도 하면서. 그러다 보니 한 권을 보는 데도 적잖은 시간이 걸렸다. 그래도 난 제법 성실한 답변자에 속해서 아이의 질문과 반응에 곧잘 능숙하게 대처하곤 했다. 그림책만 수백 권을 읽다 보니 어느 정도 단련이 됐다고나 할까.

　그러다 문득 과거의 기억이 일종의 결핍이었음을 깨달았다. 모든 유년이 다 아름답지는 않은 법이고 나에게도 늘 결핍은 존재했다. 아마도 그 순간은 내가 느낀, 적어도 기억할 수 있는 최초의 결핍이 아니었나 하는 생각이 든다. 엄마가 아닌 다른 이의 목소리로 이야기를 들으며, 얼핏 떠오른 느낌이나 의문들을 전할 새도 없이 그저 일방적인 속도에 따라가야 하는 무력감이나 초조함 같은 것. 그때의 나는 지금의 내 아이처럼 책을 보면서도 끊임없이 엄마에게 재잘대고 싶었던 것 같다. 혹은 책을 핑계로 그저 엄마를 내 곁에 두고 싶었는지도.

　아이가 즐거워하는 한, 최대한 많은 책을 내가 직접 읽어 줄 생각이다. 내가 글을 읽는 동안 아이는 듣고 보고 생각하고 또 질문할 수 있도록. 무엇보다 아이의 속도에 맞추어 독서의 호흡을 고르고, 아이의 눈으로 세상을 바라보는 재미를 놓치지 않으려면. 실제로 글을 읽느라 활자에 집중하는 나와 달리, 그림 속 인물의 표정이나 옷차림, 배경의 미세한 변화에는 아이가 훨씬 더 민감하게 반응하고 많은 것을 기억한다. 학교 입학이 임박하도록 한글 교육을 미뤄 왔던 것도 아이의 무한한 상상력과 섬세한 관찰력이 너무 빨리 글자의 범위에 갇히지 않았으면 하는 바람 때문이었다. 지금이야 혼자서도 책을 곧잘 읽어 내지만, 아이는 여전히 내가 읽어 주는 책을 더 좋아한다. 나도 이 시간이 유한한 걸 알기에 고이 누려 볼 참이다.

함께 책을 읽고 이야기를 나눈 시간이 그 존재의 바닥에 아주 낮게 깔릴 수 있다면 참 좋겠다. 꼭 기억의 형태가 아니더라도 충만한 느낌 자체만으로도 한 존재는 더 아름다워질 수 있으니까. 어쩌면 아이를 품에 안고 아이의 체온을 느끼며 책을 매개로 삶을 공유하는 이 시간이, 오히려 나에게 더 필요한 건지도 모르겠다.

꿈을 품다

『꾸다, 드디어 알을 낳다』, 줄리 파슈키스 글·그림, 이순영 옮김, 북극곰

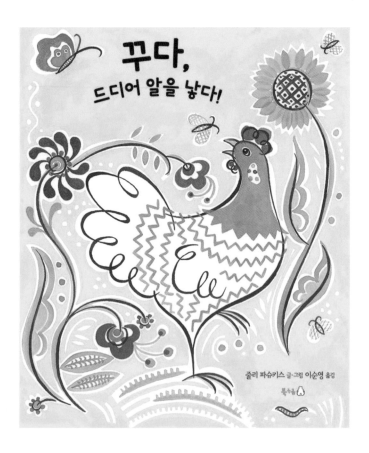

아이와 함께 그림책을 읽다 보면 정말 보석 같은 책을 발견할 때가 있다. 기발한 상상력과 유머, 예리한 통찰력을 갖춘 데다 그림마저 아름다운 책을 볼 때면 아이보다 내가 더 설렌다. 줄리 파슈키스의 『꾸다, 드디어 알을 낳다』라는 책도 그중 하나였다.

암탉 '꾸다'는 다른 암탉들과는 달리 알을 낳지 않는다. 다른 암탉들의 수군거림에도 '꾸다'는 엉뚱한 이야기를 늘어놓을 뿐이다.

"주위를 한 번 돌아봐. 탐스러운 튤립이랑 하늘하늘 벚꽃 말이야!"

그냥 게으른 것이라는 핀잔, 노력이라도 해 보라는 재촉에 결국 '꾸다'는 알을 하나 낳는다. 밤하늘의 별, 튤립과 나비, 노란 해와 민들레가 있는 부활절 달걀과도 같은 아름답고 특별한 알을. 그 후로도 '꾸다'는 풀잎에 반짝이는 이슬을 살피고 새파란 하늘을 올려다보며 농장을 어슬렁거린다. 물론 알은 자신이 원할 때만 간간이 낳으면서.

내용도 내용이지만, 우선 옮긴이의 작명 센스에 탄복했다. 다른 세 암탉의 이름은 각각 '하나', '두나', '다나'인데 '하나'는 매일 하나씩, '두나'는 이틀에 하나씩, '다나'는 일주일에 다섯 개씩 알을 낳는다. 그리고 시종일관 대사가 '꼬끼오' 하나뿐인 수탉 한 마리가 등장하는데, 그의 이름은 바로 '안나'다! '두나'는 '꾸다'를 두고 '꿈속에서 사는 애'라며 빈정댄다. 그러나 내가 보기에 '꾸다'는 '꿈을 꾸며 사는 애'였다. 주체적인 여성과 꿈꾸는 삶, '꾸다'가 나에게 던진 화두였다.

나는 스물여덟에 결혼했다. 호기롭게도 자유와 독립에 대한 야심을 품은 채로. 결혼은 또 다른 구속임을 그땐 미처 알지 못했다. 신혼을 적당히 즐긴 뒤 아이를 가지려고 노력했고, 감사하게도 계획대로 서른에 아이를 낳았다. 그때의 나는 결혼하지 않는 삶, 결혼은 했으나 출산하지 않는 삶을 상상하지 못했다. 결혼과 임신, 출산과 육아라는 일련의 과정을 인생의 수순 정도로 여기고 있었던 것 같다.

이제 와서 내 선택을 후회하는 건 아니다. 다만 그때의 나에게 삶의 다양성에 대한 좀 더 유연하고 풍부한 상상력이 있었더라면 어땠을까, 하는 아쉬움은 남는다. 만약 과거로 되돌아간다면 어떤 결정을 내릴 것인지 현재의 나로서는 장담할 수 없을 뿐.

한편으로는 내 선택, 내 결정이라고 여겼던 것들이 온전히 내 것이 아닐지도 모른다는 생각이 든다. 어쩌면 거대한 생의 흐름에 휩쓸려 떠밀리듯 살아온 것일지도.

'꾸다'는 주변의 핀잔이나 재촉 때문에 알을 낳은 것이 아니다. 적어도 그렇게 믿고 싶다. 그저 자기가 낳고 싶어서 혹은 낳을 때가 되어서 마침내 알 하나를 낳은 것일 뿐. 사회적 통념에 얽매이지 않고 주체적으로 성·재생산권을 행사하는 여성, '꾸다'가 바로 그런 여성을 상징하는 게 아닐까.

안정된 직장이 있고 배우자와 아이도 있는 나를 마치 인생의 중요한 과업을 다 끝낸 사람처럼 여기는 이를 만날 때가 있다. 되잖게도 '그래, 내 나이 서른에 미션 클리어!'라고 우쭐댔다가는 으레 이어지는 다음 멘트에 금세 거북해지기 일쑤다.

"둘째는 언제 낳으려고? 엄마한테는 딸이 있어야지."

그냥 인사치레로 흘려들을 법도 하지만 괜히 배알이 꼬여서 퉁명스레 답하곤 한다.

"둘째 계획은 없습니다. 아들 하나도 벅차서요."

그쯤에서 그만두어도 이미 충분한데 굳이 또 덧붙인다.

"아이고, 그래도 둘은 있어야지."

그러면 그냥 쐐기를 박을 수밖에, 다른 도리가 없다.

"낳아야 할 것 같아서 혹은 다들 낳으라고 하니까 낳지는 않을 겁니다. 낳고 싶어서 낳아도 키우기 힘든 세상이니까요. 낳고 싶어지면 그때 가서 낳죠, 뭐."

나도 '꾸다'처럼 살고 싶을 뿐.

아이를 낳은 후 모성애라는 규범에 내 태도를 비추어 보며 자주 이질감을 느꼈다. 사회적으로 요구되는 좋은 엄마의 모습이 내 생활 전반을 옥죄고 있는 것만 같아서 종종 일탈을 상상했다. 아이와 많은 시간을 보내고 숱한 대화를 나누지만, 그것과는 별개로 엄마라는 역할을 던져 버리고 싶을 때가 많았다.

'아, 혼자였다면 여기서 이러고 있지는 않을 텐데.'

혼자라면 하고 싶은 일이, 아이와 함께여서 해야만 하는 일 끝에 늘 소심한 괄호로 붙어 다니는 것은 아직도 엄마의 삶에 익숙하지 않아서일까, 엄마의 삶에 매몰되지 않으려는 의지의 발로일까. 엄마이자 아내로서가 아니라 온전히 나로서 살아가는 삶, 그 삶의 감각을 잃지 않으려 애쓴다. 약간의 죄책감이나 불안이 있다 할지라도 내 고유한 삶을 고수하려는 노력은 엄마로서, 그리고 아내로서의 삶도 건강하게 지탱해 주리라 믿는다.

최근에 지역 배움터에서 『주역』 강의를 들었다. 각자 고민을 나누며 저마다 괘를 한 번씩 던졌는데, 그때 나온 괘가 '진(震)' 괘였다. 진 괘는 번개와 지진을 의미하는 우레(雷)가 두 개 이어져 있는데, 요동치듯 심하게 흔들리는 삶을 상징한다. 지금이 내 인생의 사춘기, 질풍노도의 시기라는 것이다. 그 꽤 덕분에 적잖이 설레었다. 인생에서 미지의 영역이 점차 사라져 가고 있다는 생각에 내심 서운하던 차였는데, 누군가 나에게 계속해서 꿈을 꾸라고, 끊임없이 흔들리라고 말해 주는 것만 같았다.

'꾸다'가 예쁜 색깔을 볼 때마다 신이 나서 꼬꼬댁거렸던 것처럼, 자연의 경이로움을 매 순간 소중히 여겼던 것처럼, 그래서 그토록 많은 아름다움을 몸속에 품고 있었던 것처럼 나도 늘 꿈꾸는 삶을 살고 싶다. 가슴 뛰는 설렘을 잊고 반복되는 일상에 정체되지 않도록 나를 둘러싼 모든 것에 조금 더 민감해질 것. 강요된 모성애 혹은 엄마의 역할, 가정 위주의 생활 등에 갇힌 '고치 속의 삶'을 당당히 거부할 것.

용을 물리친 게
누구냐면

『종이 봉지 공주』, 로버트 문치 글, 마이클 마첸코 그림, 김태희 옮김, 비룡소

용이 불을 뿜어대고 있다. 왕자가 옆구리에 차고 있던 칼도 빼내지 못해 우왕좌왕하는 사이 공주가 나타난다. 공주의 손에 쥐어진 것은 다름 아닌 프라이팬. 공주는 프라이팬을 힘껏 휘둘러 용을 무찌른다. 예쁜 드레스 대신 빨간 망토를 두르며 공주가 하는 말.

"나 이제 공주 안 되고 싶어요. 언제 어디서나 약한 사람을 구해주는 슈퍼 콩순이가 될 거예요."

TV 애니메이션 〈엉뚱 발랄 콩순이와 친구들〉의 한 장면이다. 집안일을 하며 틈틈이 TV를 흘금거리던 나는 그 장면에 반색하며 낄낄댔다. 내가 진심으로 재미있어하는 모습이 반가웠던지 아이는 TV와 나를 번갈아 보며 깔깔거렸다.

"아무렴, 왕자라고 다 용감한 건 아니지. 장하다, 우리 슈퍼 콩순이."

내가 아이 앞에서 콩순이를 더욱 과장되게 응원한 것에는 그럴 만한 이유가 있었다. 그간 국민 애니메이션 〈뽀롱뽀롱 뽀로로>에 내심 불만을 품고 있던 터였다. 열 명 남짓한 캐릭터 중에 왜 여자는 '패티'와 '루피' 둘 뿐인가. 왜 이들의 역할은 남자 캐릭터들이 일으킨 말썽을 수습하거나 요리를 해 주는 것에 한정되어 있는가. 부지불식간 아이가 고정된 성역할을 학습하게 될까 우려스러웠다. 그래서인지 콩순이의 무용담이 더욱더 반갑고 통쾌하게 느껴졌다.

슈퍼 콩순이만큼이나 매력적인 캐릭터를 최근에 한 그림책에서 발견했다. 바로 로버트 문치와 마이클 마첸코의 『종이 봉지 공주』. 첫 장면부터 인상적이다. 왕자는 도도하고 시큰둥한 표정으로 등을 돌리고 섰는데, 공주는 도저히 사랑을 숨기지 못하겠다는 표정으로 왕자를 바라보고 서 있다. 한 마디로 내숭 따윈 없는 공주인 셈. 그런데 난데없이 몹쓸 용이 등장해서 왕자를 납치하고 성을 부수고 공주를 벌거숭이로 만들어 버린다. 입을 옷조차 없는 공주는 종이 봉지를 주워 입고 왕자를 구하러 떠나는데…. 결국 지혜로운 공주는 무기 하나 없이 용을 쓰러뜨리고 동굴에 갇혀 있던 왕자를 구한다. 그런데 왕자가 공주를 보자마자 대뜸 하는 말이 아주 가관이다. 더럽고 찢어진 종이 봉지 대신 진짜 공주처럼 챙겨 입고 다시 오라는 것. 하마터면 욕이 튀어나올 뻔했으나, 공주가 왕자에게 '겉만 번지르르한 껍데기'라며 일침을 날리는 덕에 가까스로 참았다. 결국 둘은 결혼하지 않는다.

해가 반쯤 걸쳐진 지평선을 향해 두 팔을 벌리고 날듯이 뛰어가는 공주의 뒷모습이 이 책의 마지막 장면이다.

이토록 멋진 현대판 공주 이야기라니. 아이보다 내가 더 감동한 듯했다. 그렇다고 내 생각을 일방적으로 강요할 순 없어서 아이에게 넌지시 물었다.

"왕자가 한 말에 대해서 어떻게 생각해? 왕자는 어떤 사람일까?"

아이는 냉큼 대답했다.

"왕자는 뗏국물이야."

최근에 할머니에게서 들은 '뗏국물'이라는 단어가 꽤 인상적이었는지 아이는 그 이후로 최악의 상태를 이렇게 표현하곤 했다. 터져 나오는 웃음을 참으며 다시 진지하게 물었다.

"왜 그렇게 생각했어?"

"공주한테 그런 식으로 말했으니까. 마음이 뗏국물이라는 애기야."

아무렴, 온갖 역경을 이겨내고 자신을 구하러 온 용감하고 현명한 공주에게 이따위 대접을 하다니, 뗏국물이고 말고.

"마지막 장면은 어때? 공주의 기분이 어때 보여?"

아이는 씩 웃으면서 엄지 척을 해 보이더니 이렇게 말했다.

"신나 보여. 팔이 날개 같아. 아주 잘했어. 이런 왕자랑은 결혼 안 하는 게 나아."

짧지만 많은 메시지를 품고 있는 수작이었다. 아이가 좀 더 크면 다양한 이야기를 나눌 수 있겠다 싶었다. 로널드 왕자가 말하는 '진짜 공주'는 어떤 모습인지, 그건 누가 정한 건지, 종이 봉지를 뒤집어쓴 꾀죄죄한 행색의 엘리자베스 공주는 무엇을 상징하는지, 엘리자베스 공주가 결혼을 거부한 것은 무엇을 의미하는지 등등. 언젠가 아이와 더 깊은 대화를 나누게 되길 바라며 이런 유의 그림책을 더 찾아봐야겠다고 생각했다.

남자아이를 키우면서 우리 사회 저변에 깔린 성 역할 고정관념을 새삼 의식하게 됐다. 아이는 그간 곳곳에서 남성성을 강요하는 말들과 마주해 왔다. 아이가 태권도 학원에 가기 싫어한다고 했더니 배우자는 대뜸 '남자다움'을 근거로 설득하려 들었다. 말 많고 소꿉놀이 좋아하고 자주 주방을 기웃거리는 아이에게 어머님은 '딸내미 같다'는 말씀을 하시곤 했다. 여자아이들과 곧잘 어울리고 눈물이 많은 아이는 놀이터에서 처음 보는 할머니에게 '남자답지 못하다'는 핀잔도 들었다. 울먹이는 아이를 꼭 안고 이렇게 말해 주었다.

"울어도 돼. 슬프고 화나고 억울한데 울지 않고 참기만 하면 마음에 병나. 남자라서 울면 안 된다는 말은 순 구닥다리야."

아이가 지금처럼 시시콜콜 하고 싶은 말을 다 하고, 눈물을 참지 않기를 바란다. 슬퍼도 울지 않는 것, 힘들어도 혼자 견뎌

내는 것이 남자다운 행동이라고 생각하지 않기를 바란다. 힘, 용기, 인내, 의지 등으로 대표되는 좁은 남성성의 틀에 자신을 가두지 않기를, 그래서 좀 더 자유롭고 유연한 존재로 살아가기를. '남자로서' 혹은 '남자니까' 대신 그저 '내'가 진심으로 원하기 때문에 선택하고 책임질 수 있는 사람으로 자라면 좋겠다. 그 곁을 지키며 온 마음으로 응원하는 일이 내가 해야 할 일이라고 믿는다.

며칠 전 아이가 그림을 그리다 말고 물었다.
"엄마, 용이랑 싸우는 사람을 왕자로 할까? 공주로 할까?"
"음, 둘 다 그리는 게 어때? 그러면 천하무적이 되지 않을까?"

보이지 않는 아이가 곁에 있다면

『보이지 않는 아이』, 트루디 루드위그 글, 페트리스 바튼 그림, 천미나 옮김, 책과
콩나무

트루디 르두위그와 패트리스 바톤의 그림책 『보이지 않는 아이』의 주인공 브라이언은 '투명 인간'이다. 한 마디로 존재감 없는 아이. 목소리 큰 아이들을 상대하느라 선생님조차도 브라이언을 잘 보지 못한다. 발야구를 할 때면 어느 팀에도 끼지 못하고, 친구 생일파티에도 저 혼자 초대받지 못해 대화에서 소외된다. 새로 전학 온 친구 저스틴의 도시락 반찬을 두고 아이들이 놀리는 걸 바라보며 브라이언은 생각한다. '놀림을 받는 게 더 나쁠까, 투명 인간이 되는 게 더 나쁠까.' 수업 시간에 두세 명씩 짝을 지어서 하는 특별과제도 브라이언에게는 괴로운 일. 바닥에 시커먼 구멍을 그려 구멍이 자기를 꿀꺽 삼켜 버리면 좋겠다고 생각하던 차에, 고맙게도 저스틴이 함께 할 것을 제안한다. 그들은 브라이언의 남다른 그림 실력 덕분에 특별 과제를 멋지게 해낸다.

이 그림책의 재미난 관찰 포인트는 바로 브라이언의 색깔 변화다. 친구들 무리에서 소외될 때는 혼자만 무채색이었던 브라이언. 과제를 위해 친구와 협동하는 과정에서 점점 혈색이 돌기 시작하더니 마지막 장면에서는 원래의 색깔을 완전히 회복한다. 한 존재의 변화를 이토록 재치 있게 표현하다니.

"브라이언은 왜 친구들로부터 소외됐을까? 친구들은 왜 브라이언을 없는 사람 취급했을까?"

내 질문에 아이가 골똘히 책을 살핀다.

"아, 안경이야. 안경. 브라이언만 안경을 쓰고 있어."

웬 동문서답이냐 했다가 가만히 생각해 보니 꽤 상징적이다. 다른 것을 이상한 것, 틀린 것으로 대하는 순간 많은 게 어그러지곤 하니까.

"그럼 이 이야기에서 잘못한 사람은 누구지? 발야구 편을 가를 때 브라이언을 보고도 못 본 척한 미카와 제이티? 생일파티에 브라이언만 초대하지 않은 매디슨?"

아이가 고개를 끄덕인다.

"그럼 다른 애들은? 그리고 선생님은?"

나를 바라보는 아이의 눈빛에 혼란이 가득하다.

아이가 학령기에 접어드니 가장 우려되는 부분 중의 하나가 바로 교우 관계였다. 모쪼록 또래들과 건강한 관계를 유지하길 바라는 마음. 여러 갈등 상황을 통해 배우게 될 것들이 아이를 성장시키리라는 걸 알면서도, 겪어야 할 시행착오가 부디 적기를 바랐다. 노파심에 쉬이 잠들지 못하던 밤, 나의 불안을 깊이 들여다보기로 했다. 무엇이 그리 걱정스러운가. 솔직히 말해 내 아이가 다른 아이를 해코지할까 봐 염려스러운 건 아니었다. 드센 아이들 틈에서 치이진 않을까, 관계에서 받은 상처가 자존감에 안 좋은 영향을 미치면 어쩌나 하는 생각들이 지레 날 겁먹게 했다. 내 아이가 나쁜 행동을 할 리 없다는 오만, '맞는 것보단 차라리 때리는 게 낫지.'라는 이기적인 심보가 마음 깊은 곳에서 번득이고 있었다.

좌백의 단편 소설 「어쩌다 보니 왕따」에는 아이에게 이렇게 조언하는 아버지가 등장한다. "자연의 섭리지. 약한 놈이 빨리 죽어야 강한 놈이 젖 한 모금이라도 더 빨 수 있거든. 왕따가 바로 그런 거야. 어딘가 다르거나 못하거나 한 거지. 너처럼 부모 중 한쪽이 없는 것, 보통보다 지능이 떨어지는 것, 가난한 것, 내성적이라 친구들과 잘 어울리지 못하는 것, 말투가 다르거나 취미가 다르다는 것, 심지어는 즐겨보는 TV 프로가 다르다는 것 하나만으로도 왕따가 될 소지는 충분한 거지. 그러니 왕따의 원인은 자기 자신에게 있다. 이걸 인정하는 데서 시작해 보자 그 말이다. 내 말은."

문장들이 가슴 한쪽을 뜨끔하게 쑤셔댔다. 나도 내심 비슷한 생각을 하고 있었는지도. 왕따의 연관 검색어로 '왕따의 특징', '왕따 되지 않는 법' 등이 나타나는 건 어제오늘 일이 아니다. 항상 깔끔한 옷을 입을 것, 자기 의사를 정확히 표현할 것, 튀는 행동 하지 말 것 등 왕따를 당하지 않을 행동만이 나열되는 곳에는 가해자는 없고 피해자만 있었다. 단지 피해자가 되지 않는 게 최선이라는 듯이.

이런 시선에서라면 브라이언이 투명 인간이었던 이유를 '그럴 만한' 애였다는 데서 찾을 터였다. 이를테면 혼자만 안경을 썼다든지, 혼자 그림 그리기에만 몰두했다든지, 소심하고 내성적인 성격이었다든지 하는 것들. 브라이언을 투명 인간 취급했던 반 아이들이 아니라, 브라이언에게서 문제의 소지를 찾고 이를 개선시키려 했을 것이다. 소설 속 아버지의 말처럼 약육강식, 적자생존의 법칙이 통용되는 사회에서는 억울하면 강해지라는 식의 조언을 따르는 게 훨씬 현실적일 테니까.

사실 학교 현장에서 벌어지는 따돌림 현상은 교사 입장에서도 가장 골치 아픈 문제 중의 하나다. 모르고 넘어가면 그것대로 심각한 직무 유기인 셈이고, 알아도 해결이 어려우니 정말이지 난감하기 이를 데 없다. 아픈 손가락처럼 기억에 남아 종종 떠오르곤 하는 학생 하나가 있다. C는 유난히 하얀 얼굴에 도드라진 앞니와 약간 구부정한 어깨의 소유자였다. 말수가 적고 의사 표현이 분명하지 않으며 자신감이 부족해 늘 주눅 든 모습이 있다. 아무도 C를 대놓고 괴롭히진 않았지만, 브라이언처럼 투명 인간 취급을 하는 듯했다. 내내 마음에 걸려 자주 교실을 오가며 말을 붙였더니 정이 고팠던 아이가 쉬는 시간마다 나를 찾아오기 시작했다. 교실에 있어도 딱히 할 게 없고 마음 붙일 곳이 없으니 그러는가보다 싶어 딱한 생각이 들면서도, C의 존재가 점점 부담스러워지기 시작했다. 한창 바쁜데 찾아올 때면 귀찮은 생각이 들어 건성으로 대꾸하기도 했다.

나도 모르게 따돌림의 원인을 C에게서 찾고 있었다. 음침한 분위기와 낮은 자존감, 지나치게 의존적인 태도가 아이를 혼자 있게 만든 거라 결론 내고 말았다. C의 마음속에 어떤 상처가 있는지, 관계 형성에 서툰 근본적인 이유가 무엇인지 좀 더 세심하게 살피지 못했고, 무엇보다 다른 아이들의 태도를 바꾸려는 시도에 무심했다. 이미 끼리끼리 무리를 형성해 버린 아이들 틈에 교사인 내가 억지로 C의 자리를 마련할 수는 없는 일이라고 쉽게 단념해 버렸다.

아이에게 네가 브라이언이었으면 어땠을 것 같냐고 물으니 고개를 가로저으며 입술을 비쭉 내민다. 잠깐이라도 브라이언의 입장이 되어 보는 것, 상대의 상황과 마음을 더 가까이에서 들여다보려는 노력이 공감의 시작이라 믿는다. 상대를 자세히 알수록 더 잘 이해하게 되고, 그럴수록 공감은 깊어지는 법이니까. 다수의 방관에 균열을 내기 시작한 저스틴의 용기가 얼마나 큰 변화를 가져왔는지도 알려 줬다. 그림책의 앞쪽 면지에는 회색빛의 브라이언이 혼자서 바닥에 그림을 그리고 있지만, 뒤쪽 면지에는 친구들에게 멋진 그림을 그려 주는 다채로운 빛깔의 생기 넘치는 브라이언이 있으니까.

내가 C를 위해 할 수 있었던 일도 그런 게 아니었을지. 교사인 내가 직접 저스틴의 자리에 설 것이 아니라, 학급의 특정 학생—이를테면 반장이나 C의 짝지—에게 저스틴이 되어 보라고 종용할 것이 아니라, 우리 반 전체에게 저스틴의 용기와 배려를 끊임없이 일렀어야 했다. 다름에 대한 이해와 존중을 계속해서 강조하고, 다르거나 못하거나 한 것에서 따돌림의 원인을 찾지 않도록, 적어도 '저러니 그렇지.'와 같은 생각을 하지 않도록 애썼어야 했다. 왕따 개인이 아니라 개인을 둘러싼 공동체의 책임이 더 크다는 것을 나부터 잊지 말았어야 했다.

내 아이가 왕따가 되지 않도록 애쓰는 사회라니, 참으로 처절하다. "괜히 긁어 부스럼 만들지 말고 알아서 그런 애는 멀리해라."라는 말을 조언이랍시고 건네는 어른들이 다수인 이상, 고통받는 아이들의 삶이 바뀌긴 힘들 것이다. 조금 덜 침묵하고 조금 덜 방관할 수 있도록 변화의 기회를 지속적으로 마련하는 것이 어른의 몫이라 믿는다. 보이지 않아서 상처받던 아이들이 환대를 통해 자신만의 색깔을 회복할 수 있도록.

또 삽질이냐고 하지 마세요

『샘과 데이브가 땅을 팠어요』, 맥 바넷 글, 존 클라센 그림, 서남희 옮김, 시공주니어

존 클라센과 맥 바넷의 『샘과 데이브가 땅을 팠어요』라는 그림책은 그야말로 삽질의 연속이다. 별다른 성과도 없이 땅만 힘들게 파다가 이야기가 끝나 버리니까. 물론 삽질의 목적을 어디에 두느냐에 따라 말이 달라지겠지만.

삽을 들고 집 마당으로 향하는 샘과 데이브. 그들의 사명은 '어마어마하게 멋진 것'을 찾아내는 것이다. 개 한 마리가 그들과 동행한다. 한껏 비장한 태도로 땅을 파고 들어가는 그들 주위로 크고 작은 보석들이 보인다. 하지만 안타깝게도 보석을 요리조리 피해 가는 상황. 잠시 휴식을 취하며 초콜릿 우유와 과자를 먹는 순간에도 그들 바로 아래에는 커다란 보석이 자리하고 있다. 손이 닿을 듯한 거리에 보석을 두고도 계속해서 닿기 직전 방향을 틀어버리는 샘과 데이브. 결국 지쳐 버린 그들은 시커먼 먼지를 온몸에 뒤집어쓴 채 까무룩 잠에 떨어지고 만다. 바로 그때 발아래 뼈다귀가 묻혀 있다는 걸 눈치챈 개가 땅을 파 내려가기 시작하는데…. 놀랍게도 그 아래는 허공이다! 샘과 데이브, 개와 뼈다귀는 모두 아래로 아래로 떨어지는 중. 예상치 못한 전개에 읽는 재미가 쏠쏠하다. 다행히도 그들은 부드러운 흙 위에 털썩 내려앉는데, 어쩐지 낯익은 이곳은 바로 처음 땅을 파기 시작했던 집 마당. 정말 어마어마하게 멋졌다고 입을 모으며 꿈꾸듯 허공을 바라보던 그들은 삽을 어깨에 멘 채 유유히 집으로 돌아간다.

'어마어마하게 멋진 것'은 도대체 무엇이었을까? 마지막 장면을 보기 전까지 나는 그게 당연히 보석이라고 생각했다. 지척에 두고도 번번이 보석을 놓치는 그들의 모습이 딱하고 답답했다. 결국 아무런 성과 없이 지쳐 돌아온 그들의 입에서 나온 말은 전혀 뜻밖이었다. 애초에 샘과 데이브가 찾아내려 했던 게 보석이 아니었나? 정작 그들은 초연한데, 보는 나만 안달복달한 듯싶었다.

뭐지, 이 삽질은? 인생의 축소판 같기도 했다. 바로 눈앞에서 멋진 기회를 놓치기도 하고 딱히 큰 보상이 없어도 열심히 살아가며, 그 와중에 먹는 초콜릿 우유와 과자가 행복이기도 한 그런 삶. 함께 하는 이가 있으니 헛삽질도 놀이가 되고, 굉장한 걸 찾아내지 못하더라도 함께 한 시간은 생생하게 남는 법이다. 문득 성공과 실패의 기준이 모호해졌다.

이 책의 또 다른 관찰 포인트 중 하나가 바로 개와 고양이다. 무심히 지켜만 보고 있는 고양이와 달리 개는 시종일관 그들과 동행한다. 마치 투시라도 하듯 보석이 있는 곳을 정확히 바라보지만, 웬일인지 땅을 파거나 짖거나 하진 않는다. 만약 그랬다면 진작 보석을 발견했을지도 모를 일. 개가 유일하게 땅을 판 순간은 바로 뼈다귀 냄새를 맡았을 때였다. 아래로 떨어지는 중에도, 땅에 머리를 박고 떨어진 순간에도, 샘과 데이브가 집으로 들어가고 난 후에도 개는 뼈다귀를 물고 있다. 언뜻 보면 진정한 위너는 개인가 싶기도 하다. 어쩐지 의뭉스러운 개와 고양이의 행보에서 난 왜 부모의 모습이 보일까.

지척의 보석을 왜 알아채지 못하냐고, 바로 여기에 있다고 이렇게 가면 된다고 채근하는 편이 훨씬 더 쉬워 보인다. 저 하자는 대로 느긋하게 기다려 주는 게 곱절로 어렵다. "살아보니 그렇더라."라는 말로 시작해서 인생의 시행착오를 줄여 준다는 명목으로 얼마나 많은 경험을 자식에게서 박탈하고 있을는지. 부모가 일러 주는 삶의 지름길이 자식에게도 지름길일까. 에두르는 길에서만 마주할 수 있는 가치들이 쓸모와 효율에 밀려 영영 생략되는 건 아닐까 두렵다. 자식에게 실패와 좌절을 안겨 주고 싶지 않은 부모의 마음이 오히려 실패와 좌절에 취약한 인간을 만드는 것인지도. 의뭉스러운 부모 되기, 보통 어려운 일이 아니다.

"처음에 나오는 집이랑 마지막에 나오는 집이랑 서로 같은 집이야? 다른 집이야?"

아이가 이쪽저쪽 책을 들추며 한참을 살피더니 말한다.

"같은 집인 것 같은데, 좀 다르네."

실제로 지붕 위 풍향계의 모양과 방향, 난간 위 화분의 꽃, 고양이 목줄의 색깔, 마당에 있는 나무의 열매들이 모두 바뀌어 있다.

"왜 달라졌지? 왜 다르게 그렸을까?"

한참을 골똘히 생각하더니 씩 웃고 만다. 모르겠다는 뜻이다.

이토록 어마어마하게 멋진 경험을 했으니 뭔가 달라도 달라지지 않았을까. 땅을 파기 전의 그들과 실컷 삽질하고 난 후의 그들이 같은 사람이라고 할 수 있을까. 나도 그렇게 매 순간 크고 작은 삶의 국면에서 조금씩 바뀌어 왔다. 읽기 전으로 돌아갈 수 없게 하는 책들과 깊은 울림을 준 특별한 만남, 생전 처음 해보는 경험들이 지금의 나를 만들었다는 생각. '어마어마하게 멋진 것'은 저마다 다를 테지만, 그걸 얻기 위해 도전하는 과정에서 겪는 경험과 그로 인해 맛보는 성장의 순간들은 무엇보다 값지고 의미 있을 테니까.

"세상이 달리 보인다는 말, 알아? 그런 순간인 거야."

아이와 함께 바닷가나 모래 놀이터에 갈 때면 주구장창 땅만 파는 경우가 많다. 모래놀이 용품들 중에서 유독 큰 삽만 낡은 이유는 그 때문이다. 저 혼자 하면 그래도 다행인데 함께 하자고 떼를 쓸 때면 정말이지 난감하다. 목적도 의미도 효용도 재미도 없는 짓을 순전히 아이 때문에 한다, 해 준다. 어쩌다 조개껍데기 한 조각이라도 발견할 때면 그렇게 소중히 다룰 수가 없다. 딱히 목적이 없으므로 과정 자체를 즐길 여유가 생기나 보다. 왜 하는 거야? 파면 뭐가 나와? 왜 사서 고생을 해? 이런 태도로는 당최 삽질을 즐길 수가 없다. 아이 덕분에 무념무상으로 땅을 판다. 아이가 아니었다면 내가 어찌 삽질의 가치를 숙고할 수 있었으랴.

이겨낼 때마다 피는 꽃

『내 안에 내가 있다』, 알렉스 쿠소 글, 키티 크라우더 그림, 신혜은 옮김, 바람의
아이들

알렉스 쿠소와 키티 크라우더의 『내 안에 내가 있다』라는 그림책은 아이가 나에게 준 숙제였다는 생각이 든다. 서점에 들러 책 구경을 하던 중 아이가 직접 이 책을 골라 왔다. 한글을 깨치기 전이었으므로 순전히 그림에 끌린 선택이었다. 표지부터 심오하다. 금빛 후광이 비치는 투명한 몸체 안에 핏줄 같은 가느다란 선들이 뻗어 있다. 흡사 가오나시[*]를 연상케 하는 주인공이 자궁 속 태아인 마냥 몸체 안에 웅크리고 앉았다. 설핏 웃는 얼굴이 꽤 평온해 보인다. 앞뒤 면지도 충격적이다. 인체 해부도를 떠올리게 하는 그림들, 어쩐지 섬뜩하다. "엄마 이거 봐봐." 하면서 아이가 펼친 페이지에는 주인공이 흰 옷차림의 거인에게 잡아먹히는 장면이 그려져 있다. "무섭지 않아?" 아이가 고개를 가로저으며 책을 품에 꼭 안는다. 사 달라는 말이다. 아이의 촉을 믿어 보기로 했다.

---

[*] 영화 <센과 치히로의 행방불명> 속 등장인물. 얼굴만 남기고 온몸을 검은 천으로 두르고 있다.

"내가 항상 나인 것은 아니었다."라니, 첫 문장부터 의미심장하다. 나는 내 나라의 왕이 아니다. 불가능한 것들을 결정하는 왕이 되고 싶지만 현실은 그렇지 못하고, 사실이 아닌 이야기들을 좋아하지만 사실인 게 너무 많아 마음이 편치 않다. 내 안에는 나를 없애려 하는, 나와 닮았지만 나보다 더 크고 뚱뚱한 괴물이 있는 상황. 매일 저녁 나와 그는 피의 강가에서 목숨을 건 물수제비 게임을 한다. 매번 내가 이기지만 차마 괴물을 잡아먹진 못하고, 피의 강에 밀어 넣기만 할 뿐. 다음날이면 괴물은 다시 나타난다. 문제는 괴물과 나 사이에 어떠한 말도 없다는 것. 나의 입은 비밀로 닫힌 문, 내 안은 아무 소리도 없는 나라다. 비밀과 말과 소리를 찾아 사방을 헤매지만, 아무것도 찾지 못한 나는 중대한 결심을 한다. 괴물을 먹거나 괴물에게 먹혀서 괴물 안에 있을 비밀을 찾아내자. 일부러 뭉툭한 돌을 골라 물수제비 게임에 패한 나는 괴물에게 먹히는 편을 택하지만, 허탈하게도 괴물 안은 내 안과 동일하다. 그 순간 나는 온 힘을 다해 소리를 지르기 시작한다. 입에서 불꽃이 튀어나오고 내 나라를 불태울 만큼 기세가 대단하다. 결국 괴물은 항복을 선언하고 영원히 사라져주겠다는 말과 함께 바위로 변해 버린다. 불바다를 피해 동굴과 같은 괴물의 입 속으로 들어간 나는 그곳에서 비밀을 찾아낸다. 괴물의 머릿속에는 구름이 있었다는 것. 구름이 빠져나가고 비가 내리고 무지개가 뜨자, 비로소 낱말들, 온갖 색깔들이 생겨

난다. 검은 모자를 벗은 내가 왕좌에 앉아 내 나라를 흐뭇하게 바라본다. 마지막 문장 역시 의미심장하다. "내 안에서, 결정하는 건 나다."

이 정도면 철학서 아닌가. 나는 심각해 죽겠는데 아이는 저 혼자 해맑다.

"넌 네 나라의 왕이니?"

"웅, 난 왕이지. 할머니가 나보고 우리 집 상전이라고 했어. 상전이 왕 비슷한 거 아냐?" 웃음이 터졌다. 다음 말이 기대돼서 잠자코 기다렸다. 자못 심각한 표정으로 말을 잇는다.

"그런데 아닌 것 같기도 해. 밥 먹기 싫은데 밥 먹어야 하고, 이 닦기 싫은데 이 닦아야 하고, 자기 싫은데 자야 할 때가 많거든. 엄마가 하라는 대로 할 때는 왕이 아닌 것 같아."

뭐라 교훈적인 말을 하려다 그냥 그만두었다. 내 마음대로 할 수 없는 데서 오는 불만은 당위의 차원과는 별개인, 그 자체로 생생한 감정이니까.

"그런데 엄마, 엄마 안에도 그런 괴물이 있어? 엄마도 물수제비 해? 저녁마다?"

올 것이 왔다는 생각. 시간이 필요했다. 대답을 생각할 시간이.

혼자서 이 책을 여러 번 더 읽었다. 여러 가지 생각이 난무했다. '내 안의 괴물'은 뭘까? 매일 저녁 아무런 말도 없이 괴물과 물수제비를 하는 상황은 무엇을 의미하나? 괴물에게 먹히기로 한 이유는 뭘까? 소리를 지르는 행위의 의미는? 비밀을 아는 것이 왕이 되는 것과 어떤 연관이 있나?

괴물은 나이면서 나의 일부이고, 동시에 나를 위협하는 무엇이다. 주체적인 삶을 방해하는 어떤 기억이나 상처, 생각이나 습관 같은 것. 나와 괴물이 매일 저녁 반복하는 물수제비 게임은 내 안에서 일어나는 나 자신과의 싸움일 것이다. 다만 어떤 말도 대화도 없다는 점에서, 아무런 진전 없이 되풀이된다는 점에서 해결의 가능성이 묘연하다. 이 갈등의 굴레에서 벗어나고자 내리는 용단이 바로 괴물에게 먹히는 것. 더 이상 방치하지 않고 유보하지 않고 기꺼이 마주하는 용기, 문제의 중심에 자신을 온전히 던져보는 용기. 괴물 몸 안의 내가 어쩐지 평온해 보인 건 외면의 고통에서 벗어났기 때문일 것이다. 그토록 찾아 헤맨 비밀이 괴물의 머릿속, 결국 내 머릿속의 구름이었다면 그 비밀의 정체야 저마다 다르지 않을까. 내가 나를 안다는 건 이토록 중요하다. 적어도 나의 결정이 내 것이라고 말할 수 있으려면.

'괴물'이라고 표현하기엔 좀 과한 듯싶지만, 여하튼 나에게도 삶을 지배해 온 어떤 원형적인 기억이 있다. 일고여덟 살 무렵, 2층 주택의 1층 집에 세 들어 살던 때의 일이다. 하루는 엄마와 함께 친구네 집에 놀러 갔는데, 그때 다락방이란 걸 처음 봤다. 친구 방에서 가파른 계단을 타고 올라가니 아기자기한 장난감과 인형, 온갖 소꿉놀이 소품들로 가득한 작은 다락방이 나타났다. 친구와 신나게 노는 동안에도 너무 부러운 나머지 눈물이 왈칵 쏟아지려는 걸 겨우 참았던 기억이 난다. '나는 왜 내 방이 없을까? 우리 집은 왜 얘네 집보다 한참 작은 거지?' 따위의 생각을 하며 아주 조금 엄마, 아빠를 미워했다.

그와 비슷한 기억들이 쌓여 나를 지배하는 결핍과 욕망들이 생겨났다. 타인과의 비교, 부러움, 열등감, 인정 욕구 같은 것들이 내 삶을 제어하고 추동했다. 쫓기듯 살았다. 부모가 나의 배경이 되어줄 수 없으니 내가 나를 끊임없이 닦달했다. 남보다 나아야, 남의 인정을 받아야 행복하다고 느꼈다. 사회적 가면을 쓰고 살아가기 시작하면서 피로감은 배가 되었다. 안 그런 척, 무심한 척, 점잖은 척은 내 안의 구름이었다.

얼굴이 벌겋게 달아오르고 입에서 불꽃이 튀어나오도록 소리를 질러대는 주인공의 모습에서 묘한 카타르시스를 느꼈다. 괴물을 굴복시키고, 비밀을 찾아내고, 내 안의 왕이 되는 일련의 과정은 결국 스스로 소리를 만들어냈기 때문에 가능한 일이었다. 어쩌면 내가 글을 쓰는 행위도 이와 마찬가지라는 생각이 들었다. 기억과 상처를 직시하고 덮어둔 비밀을 헤집으며 나만의 언어를 만드는 과정이니까. 글을 쓰면서야 알았다. 내 안의 왕이 되려면 타인의 인정 혹은 부러움 없이도 스스로 충만해져야 한다는 것을. 하지만 글을 쓰면서도 느꼈다. 남들에게 멋진 사람으로 보이고 싶은 내 안의 조급함을. 괴물도, 구름도 영영 사라지는 건 아닌가 보다.

"사랑하는 나의 두 아들에게. 이겨낼 때마다 꽃 한 송이가 피어난단다." 책의 초입에 실린 작가의 말도 무척 인상적이었다. 그러고 보니 표지 속, 주인공을 품은 금빛 몸체의 두 손에도 꽃이 한 송이씩 쥐어져 있다. 주인공의 표정이 왜 평온해 보였는지 이제 알 것 같다. 이 책을 만나게 해 준 아이에게, 언젠가 내가 글로 피워낸 꽃송이들을 선물하고 싶다. '사실이 아닌 이야기들을 좋아하지만, 사실인 게 너무 많아 마음이 편치 않은' 순간에도 우리가 함께 나눈 이야기들이 서로에게 위안과 용기가 되기를 바라며. 우리, 각자 자기 안의 괴물과 잘 공존하며 살아가기를.

누가 뭐래도
온전한 보자기 한 장

『난 곰인 채로 있고 싶은데』, 요르크 슈타이너 글, 요르크 뮐러 그림, 고영아 옮김, 비룡소

요르크 슈타이너와 요르크 뮐러의 『난 곰인 채로 있고 싶은
데…』는 독서토론 추천 도서 목록에서 발견한 그림책이었다. 표
지부터 의미심장하다. 거울 앞에서 면도 중인 푸른 작업복 차림
의 곰 한 마리. 거울에 비친 또 다른 남자는 감시하는 듯한 눈빛
으로 곰을 노려보고 있다. 앞쪽 면지에는 털북숭이 곰과 작업복
차림의 면도한 곰이 서로 마주 보고 선 장면이 실려 있었는데,
왠지 모를 긴장감이 느껴졌다. 곰이고 싶었지만 그럴 수 없었던
곰이라니, 대체 어떤 사연이 있는 걸까.

대략 훑어보니 다양한 키워드와 시사점이 떠올랐다. 급속한
산업화, 계급화된 자본주의 사회, 동물권 침해, 노동소외, 자유·
본성·개성의 억압, 가스라이팅으로 인한 정체성 상실, 차별과 혐
오 등등. 글밥도 많고 무거운 주제라 아이에겐 다소 어렵겠다 싶
었다. 그래도 설정 자체가 흥미로우니 나름의 재미를 발견하리라
는 기대를 품고 함께 읽어 보기로 했다.

곰이 동굴 속에서 겨울잠을 자는 동안 사람들은 숲 한가운데에 큰 공장을 세운다. 봄이 되어 동굴 밖으로 나와 어리둥절해하는 곰에게 공장 감독은 대뜸 자리로 돌아가 일하라고 채근한다. '더러운 게으름뱅이', '지저분한 놈' 취급을 당하며 인사과장, 전무, 부사장을 거쳐 사장까지 만나게 된 곰. 가엾게도 그는 자신이 곰임을 증명해야 하는 처지에 놓인다.

동물원과 서커스단에서 만난 동족들마저 곰을 진짜 곰으로 인정하지 않는 상황. 곰은 '곰 가죽을 뒤집어쓴 털북숭이 게으름뱅이'로 비칠 뿐이다. 결국 공장 일꾼이 된 곰은 감독의 재촉에 못 이겨 아무 단추나 눌러보지만, 빨간 불만 켜졌다 꺼질 뿐 아무 일도 일어나지 않는다. 빨간 불은 그저 누군가 일하고 있다는 표시인 셈.

다시 가을이 돌아오자 피곤을 느끼고 자꾸만 잠들어 버리는 곰에게 감독은 해고를 통보한다. 하염없이 고속 도로 가장자리만을 따라 걷던 곰은 눈발이 세차게 퍼붓던 날 저녁, 한 모텔을 발견하고 들어간다. 하지만 공장 일꾼, 더군다나 '곰'에게는 방을 내줄 수 없다는 직원의 말에 곰은 불현듯 놀라며 발길을 숲으로 돌린다. 온몸이 눈으로 하얗게 뒤덮일 때까지 잠자코 앉아, 그간 잊고 있던 '무언가 중요한 것'을 떠올리려 애쓰는 곰. 눈 그친 숲 속 밝은 달빛 아래, 곰이 벗어 던진 작업복과 신발이 동굴 입구에 어지럽게 널려 있다.

아이가 마지막 장면을 한참 들여다보더니 이렇게 말했다.

"다행이야. 자기가 곰인 게 다시 생각났나 봐."

"그래? 뭘 보고 그렇게 생각했어?"

"옷이랑 신발 다 벗어놓고 동굴로 들어갔잖아. 곰은 원래 그런 거 필요 없으니까."

"그렇지. 곰은 그런 거 필요 없지. 그동안 얼마나 힘들었을까."

"맞아. 다들 자꾸 게으름뱅이라고만 하고. 진짜 곰이라는 걸 믿어 주지도 않고."

"그런데 곰은 공장을 나온 뒤, 왜 바로 숲으로 가지 않았을까? 동굴이 아니라 모텔을 찾은 이유는 뭐지?"

아이는 눈을 동그랗게 뜨고 고개를 갸웃했다.

"네 말 속에 답이 있어. 자기가 곰인 게 다시 생각났다는 말."

"아, 자기가 곰이란 걸 잊고 있었구나. 그래서 사람처럼 모텔에 들어간 거였어. 엄마, 그런데 곰은 왜 그 중요한 걸 잊고 있었어? 어떻게 그런 걸 잊을 수가 있지?"

"그러게. 어쩌다가 자기가 누구인지마저 잊어버리게 된 걸까?"

공장의 관리자들, 동물원과 서커스단에서 만난 동족 곰들이 하나같이 자신의 정체성을 부인하자 곰은 심히 혼란스러웠을 것이다. 공장으로 돌아오는 차 안에서 자신이 곰이라는 사실을 여러 번 되뇌어 보지만, 결국 곰은 작업복을 순순히 받아 입고 면도를 한 뒤 다른 일꾼들과 함께 기계 앞에 자리를 잡는다. 이후 수개월간 단순·반복적이고 분업화된 노동 현장에 머물며 더 이상 생각이나 질문을 하지 않게 된 곰. 해고당하기 전까지 제 발로 공장을 나오지 못한 것도, 얼결에 벗어났지만 본래의 삶을 바로 되찾지 못한 것도 어느덧 공장 일꾼의 삶에 젖어들었기 때문이리라.

무력하게 삶을 빼앗겼던 곰을 우둔한 존재로 치부하고 넘어가면 그만인가. 내가 곰이었다면 "당신들이 뭐라고 해도 나는 분명히 곰이야!"라고 외치며 당장 공장을 박차고 나올 수 있었을까. 곰을 향한 외부의 압박은 상당히 위협적이고 게다가 조직적이었다. 동물원과 서커스단의 곰들도 비슷한 과정을 거쳐 지금의 모습이 되었을 것이다. 자발적으로 자유와 본성을 포기하고 도구화된 존재이기를 자처한 건 아닐 테니까.

하루아침에 삶의 터전을 잃고 공장 한가운데 던져진 곰처럼, 우리도 의도치 않은 생의 흐름에 휘말리거나 다수의 목소리, 위계와 권력 등에 의해 존재가 위협받는 상황에 놓이곤 한다. "어쩌다가 그랬냐?"라는 질문에 "어쩌다 보니 그리되었다."라는 말밖에 할 수 없을 때가 종종 찾아온다. 물론 원하는 대로, 계획한 대로 흘러가지 않는 게 인생이라지만, '여긴 어디, 나는 누구?'와 같은 근본적인 질문마저 끼어들 여지없이 넋 놓고 산다면, 그건 좀 위험하다.

문득 예전에 보았던 영상 하나가 떠올랐다. SBS 스페셜 〈검색 말고 사색, 고독 연습〉이라는 다큐멘터리 영상인데, 3박 4일 동안 스마트폰도 컴퓨터도 TV도 없는 '고독의 방'에 머물며 '나는 누구인가?'라는 화두로 온전히 자신에게 몰입하는 프로젝트를 다루고 있었다. 4명의 참가자 중 고등학교 졸업을 앞둔 남학생 하나가 특히 기억에 남는다. 그는 "내가 누구고 네가 누구고 우리는 어디서 나고, 이런 거 다 쓸모없어요. 그런 생각할 겨를이 어디 있어요. 다른 애들은 다 공부하고 있는데."라며 사춘기 때의 자아 탐색을 일축했다. 대학 입학을 목전에 둔 그가 사색과 자아 성찰의 3박 4일을 보낸 후 내린 결론은 뜻밖이었다. 별다른 장래 희망 없이 부모의 기대와 취업난이라는 현실 장벽을 고려해, 공무원을 목표로 행정학과에 진학할 예정이었던 그는 돌연 재수를 선언했다. '내가 진짜 살고 싶은 인생'에 대해 깊이 고민한 결과였다. 제 삶의 방향을 진지하게 고심하던 남학생의 모습과 온몸으로 눈을 맞으며 잃어버린 무언가를 되찾으려 애썼던 곰의 모습이 묘하게 겹쳐졌다. 곰이 진짜 곰으로 되돌아갔듯, 영상 속의 남학생도 자신만의 진짜 삶을 찾았기를 바랄 뿐.

서너 해 전, 새 학년으로 가는 길목, 마지막 종례 시간에 한 편의 시로 만든 책갈피를 반 아이들에게 나누어 주었다. 김선우 시인의 「보자기의 비유」라는 시였는데, '보자기'라는 소재를 통해 자기만의 고유성, 타협의 여지 없는 최소한의 꿈 정도는 가슴에 품고 살아가자는 내용이었다. 시 아래에 몇 줄을 덧붙였다.

"너희들이 훗날 조각보를 기우며 살지 않기를 바라는 마음, 너희들이 가지고 있는 저마다의 보자기를 귀하게 여기는 마음, 각자의 보자기가 제각기 빛깔을 잃지 않고 반짝이기를 바라는 마음, 그게 내 마음, 선생님의 마음."

몇몇 아이들이 "선생님, 너무 오글거려요."라고 호들갑을 떨며 핀잔을 주고 난리였지만, 짐짓 뻔뻔하게 대꾸했다. "진심인데 어떡해." 이따금 존재를 흔들고 본성을 억압하고 교묘히 길들이려는 힘과 맞닥뜨린대도, 가슴 속 작지만 '온전히 통째'인 보자기 한 장에 기대어 무사히 나를 지켜 가기를. 때로는 '무언가 중요한 것'을 깜빡하더라도, 잊고 살았다는 자각마저 놓치진 않기를.

책 뒤표지에는 저녁 어스름이 깔린 숲속, 풀밭을 헤치며 걸어가는 곰의 뒷모습이 그려져 있다. 어쩐지 그 장면이 예사로 보이지 않아 한참을 붙잡고 있었더니, 아이가 곁에 와서 말했다.

"엄마, 곰이 이렇게 말하는 것 같아. 날 좀 그냥 내버려 둬."

좋아하는 동굴에서 따스한 보금자리에 누워 긴 잠 실컷 누릴 곰을 떠올려 본다. 자신이 곰임을 애써 증명할 필요 없이 그저 곰인 채로 살아가길 바라며.

표범과 함께 사는 법

『내 어깨 위 두 친구』, 이수연 글·그림, 여섯번째봄

Two Friends On My Shoulder

내 어깨 위 두 친구

이수연

아이들이 읽는 그림책이라 하기엔 다소 두꺼웠다. '그래픽 노블'*이라는 장르도 생소했다. 이수연의 『내 어깨 위 두 친구』는 순전히 내 호기심에 데려온 책이었다. 몽환적인 느낌의 수채화와 만화 형식의 서사 전개, 시적인 대사 같은 것들이 눈에 띄었다. 뒤표지 추천사에 "당신이 오랫동안 트라우마 때문에 힘든 시간을 보냈다면, 이 책을 선물하고 싶다."라는 구절이 있어 당연히 어른을 위한 그림책이겠거니 생각했다. 그런데 웬걸, 아이도 나만큼이나 이 책을 좋아했다. 대사를 옮겨 적기도 하고 그림을 따라 그리기도 하며 자기만의 방식으로 책을 읽어냈다. 토끼가 표범을 안아 주는 마지막 장면에서는 왠지 눈물이 난다고도 했다. 모든 내용을 다 이해하지 못해도, 세부적인 상징을 미처 헤아리지 못해도 책 속 한 장면, 한 문장만이라도 마음에 남았다면 무엇을 더 욕심낼 것인가.

---

* 그림(graphic)과 소설(novel)의 합성어로, 만화와 소설의 중간 형식을 취함. 일반 만화보다 철학적이고 진지한 주제를 다루며 복잡한 이야기 구조 및 작가만의 개성적인 화풍을 드러내는 것이 특징이다.

책 속 등장인물들은 모두 동물이다. 주인공은 토끼. 어린 시절 겪은 부모의 불화와 엄마의 가출, 키우던 병아리의 실종, 낯선 아저씨의 무단 침입 등으로 인해 마음속 깊은 상처를 품고 살아간다. 그런 토끼를 늘 따라다니며 어깨를 무겁게 짓누르는 존재가 바로 검은 표범이다. 문제는 이 검은 친구의 존재가 다른 사람에겐 보이지도 들리지도 않는다는 것. 표범의 말에 귀를 기울이는 순간, 토끼는 자꾸만 타인을 경계하고 밀어내게 된다. 그런 토끼에게 먼저 따뜻하게 손을 내밀어 준 이가 바로 수달. 서로를 사랑하는 마음으로 부부가 되었지만, 토끼는 수달에게도 모든 걸 다 털어놓지 못한다.

그러던 어느 날, 토끼는 아픈 앵무새 한 마리를 돌보게 된다. 귀찮고 번거롭다고 생각하면서도 작고 연약한 존재를 보살피는 일에 정성을 쏟다 보니, 표범이 며칠씩 자취를 감추기 시작한다. 오랜 시간 자신을 괴롭혀 온 어린 시절의 그 집이 이미 철거되었음을 확인한 토끼에게 수달이 말한다. "분명한 건, 절대로 토끼 씨의 잘못이 아니라는 거예요." 사랑하고 사랑받는 경험을 통해 과거의 상처로부터 조금씩 자유로워지는 토끼. 결국 표범을 자신의 일부로 받아들이기로 한다.

"너는 나의 한 조각이야. 네가 다른 사람들에게 보일까 봐 걱정하느라 너무 많은 시간을 낭비했어. 더 이상 너를 내 인생에서 없애려고 애쓰지 않을 거야. 그건 내가 아니니까. 앞으로는 새로

운 것들을, 살아 있는 것들을 더 많이 사랑할 거야. 심지어 너도
사랑해 버릴 거야."

떼려야 뗄 수 없는 검은 표범은 토끼의 유년 시절 속 기억들
이 만들어 낸 정신적 상처, 즉 트라우마를 상징한다. 처음엔 검
은 고양이라고 생각했으나 토끼와 함께 성장하고 변화함에 따라
표범임이 드러나는 존재이다. 상처라는 것도 기억에만 머무는 게
아니라 현재의 삶에 지속적으로 영향을 주며 경험의 누적과 함
께 조금씩 변해 가기도 하니까.

이 책이 주는 가장 큰 위로는 상처를 이겨내야 하는 것, 견
뎌내야 하는 것으로만 보지 않는 데 있다. 때론 상처가 우리
를 지켜 주기도 한다는 걸, 같은 아픔을 겪지 않도록 조심하라
고 경고해 주는 또 하나의 나이기도 하다는 걸 알려 준다. 진심
으로 자신을 위하는 수달이 곁에 있다는 사실, 작고 연약한 앵
무새를 돌보며 느끼는 책임감, 기쁨 같은 것들이 토끼를 조금
씩 다른 삶으로 안내한다. 기억 속의 그 집 대신 자기만의 작은
달에 표범, 수달, 앵무새와 함께 서 있는 토끼의 모습은 그 어
느 때보다 평온해 보였다. 표범은 이제 더 이상 토끼의 어깨 위
에 앉아서 토끼를 짓누르지 않는다. 자신을 끌어안은 토끼의 품
에 얼굴을 묻은 채로 말없이 서 있을 뿐. 상처를 부정하거나 없
애려고 하는 대신 사랑해 버리겠다고 말하는 자 앞에서, 상처는

더없이 온순해졌다.

"가장 보여 주고 싶지 않은 표정으로 가장 보여 주고 싶지 않은 기억을 꺼내서 말하고 누군가를 완전히 믿고 그 품에 안긴다는 것은 내가 세워 둔 견고한 벽이 무너지는 것 같은 기분이 드는, 그런 일이었다. 사람은 죽기 전에 인생의 기억들이 영화같이 순식간에 지나간다고 들은 적이 있다. 나에게도 그런 순간이 온다면, 아마도 어린애처럼 안겨 울던 그 순간들이 가장 반짝거리며 보이지 않을까? 늘 위로받기만을 바랐던 나도, 언젠가 어떤 연약한 누군가를 안아 주는 그런 따뜻한 품이 될 수 있을까?"

토끼가 수달과 함께하기로 결심한 것은 그의 품에 안겨 어린애처럼 울던 시간들 때문이었다. 어쩌면 진정한 소통이란 각자의 상처를 연결고리 삼아 이루어지는 것일지도 모른다는 생각이 들었다. 서로의 상처에 무감한 관계는 그저 피상적인 관계일 테니까. 자신만의 비밀스러운 상처를 솔직하게 내보일 수 있는 상대가 곁에 있다는 건 얼마나 큰 위로이고 행운일까.

문득 내가 배우자에게 수달과 같은 존재인지가 궁금해졌다. 나와 그이는 서로에게 어린애처럼 안겨 울 수 있는 품이 돼 주고 있는 걸까. 적어도 나는 그이 덕분에 그런 순간이 더러 있었던 것 같은데, 정작 그에게 그런 품을 내어 준 적은 없는 것 같아 한없이 미안해졌다.

그이는 불의의 사고로 동생을 잃었다. 나를 만나기 전의 일이라 자세한 내막이 궁금했지만, 이것저것 캐묻는 게 어쩐지 실례 같아서 차일피일 미루기만 했다. 가정을 꾸린 후, 함께 아이를 돌보는 바쁜 일상 속에서 과거의 일은 점점 더 우선순위에서 멀어졌다. 그 기억이 그에겐 분명 큰 슬픔이었을 텐데 부러 상처를 들추지 않겠다는 핑계로 나도 참 무심했다.

결혼을 하면 내가 그 빈자리를 채울 수 있으리라 생각했다. 돌이켜보면 그건 지나치게 낭만적인 계획이었다. 지난 십 년간, 비명에 죽은 시동생의 존재는 이따금 부담으로 다가왔다. 막연한 두려움 앞에서 내가 손쉽게 택해 왔던 건 회피와 망각이었다. 그의 슬픔에 동행할 자신도 의지도 없었던 것이리라. 빈자리를 채우고자 했던 나는, 아득한 거리에서 슬픔을 관망하고 있었을 뿐. 서둘러 덮어버린 아픔에 대해, 일상에 묻힌 치유의 행방에 대해 조심스레 묻는 것, 그게 내가 그이에게 해 줄 수 있는 위로의 첫걸음일 것이다.

현실의 앵무새는 토끼의 보살핌을 받는 작고 여린 존재지만, 꿈속의 앵무새는 토끼가 과거의 상처를 용기 있게 마주하고 더 이상 기억의 세계에 얽매여 살지 않도록 돕는다.

"누구나 각자 자신의 얼굴만큼 다양한 인생을 살지. 누군가는 표범을 만났고, 누군가는 표범을 한 번도 만난 적 없고. 표범을 만난 누군가는 미워하고 또 미워하면서 겨우겨우 표범을 버텨 내며 지내겠지. 누군가는 표범에게 짓눌리기도 할 테고. 혹시 알아? 누군가는 표범과 친구가 될지도."

앵무새의 대사를 읽다가 아이가 문득 질문을 던졌다.

"엄마, 이 중에서 뭐가 제일 나은 거지?"

"표범을 안 만나는 게 제일 낫지 않을까?"

"그래? 난 다르게 생각했는데."

"너는 뭐가 제일 나아 보여?"

"친구 되는 거."

"그래, 이미 만났다면 그게 제일 낫겠지. 그렇지만 너무 힘들 거야. 시간도 오래 걸릴 테고. 토끼처럼 말이야."

"나도 꼭 친구가 될 거야, 표범이랑."

"그래, 엄마가 도와줄게. 수달처럼, 그리고 앵무새처럼."

"얼른 만나고 싶다, 나만 보이는 표범. 나도 토끼처럼 꼭 안아 줘야지."

애초에 표범 없는 생이 가장 나을 거라고 답한 것이 이내 무색해졌다. 그런 생이 있기나 할까. 크고 작은 상처들이 생의 증거처럼 내내 우리를 따라다닐 텐데. 사랑하고 사랑받는 중에 표범과도 친구가 될 수 있다면 '낫다', '못하다'의 차원을 떠나 가장 단단한 삶이라 부를 수 있을 것이다. 아이에게서 또 한 번 배운다. 아이 덕분에 감히 소망해 본다. 각자의 상처를 공유하며 서로 단단하게 묶이는 삶을.

도움을 받은
책들 본문 인용 순

『강원국의 글쓰기』, 강원국 지음, 메디치미디어, 2018년

『한국의 능력주의』, 박권일 지음, 이데아, 2021년

『일주일』, 최진영 지음, 자음과 모음, 2021년

『잠의 사생활』, 데이비드 랜들 지음, 이충호 옮김, 해나무, 2014년

『별들의 고향을 다녀오다』, 배창환 지음, 실천문학사, 2019년

『침이 고인다』, 김애란 지음, 문학과지성사, 2007년

『담론과 진실』, 미셸 푸코 지음, 오트르망, 심세광, 전혜리 옮김, 동녘, 2017년

『뒹구는 돌은 언제 잠 깨는가』. 이성복 지음, 문학과지성사, 1992년

『너의 하늘을 보아』, 박노해 지음, 느린걸음, 2002년

『교복 위에 작업복을 입었다』, 허태준 지음, 호밀밭, 2020년

『당신이 옳다』, 정혜신 지음, 해냄출판사, 2018년

『인스타그램에는 절망이 없다』, 정지우 지음, 한겨레출판사, 2020년

『예언자』, 칼릴 지브란 지음, 강은교 옮김, 문예출판사, 2013년

『양육가설』, 주디스 리치 해리스 지음, 최수근 옮김, 이김, 2017년

『결혼과 육아의 사회학』, 오찬호 지음, 휴머니스트, 2018년

『한 여자』, 아니 에르노 지음, 정혜용 옮김, 열린책들, 2012년

『젊은 시인에게 보내는 편지』, 라이너 마리아 릴케 지음, 김재혁 옮김, 고려대학교출판부, 2006년

『19호실로 가다』, 도리스 레싱 지음, 김승욱 옮김, 문예출판사, 2018년

『내가 사모하는 일에 무슨 끝이 있나요』, 문태준 지음, 문학동네, 2018년

『밤이 선생이다』, 황현산 지음, 난다, 2013년

『어쩌다 보니 왕따』, 좌백 외 5인 지음, 우리학교, 2012년

『꾸다, 드디어 알을 낳다』, 줄리 파슈키스 글·그림, 이순영 옮김, 북극곰, 2015년

『종이 봉지 공주』, 로버트 문치 글, 마이클 마첸코 그림, 김태희 옮김, 비룡소, 1998년

『보이지 않는 아이』, 트루디 루드위그 글, 패트리스 바튼 그림, 천미나 옮김, 책과콩나무, 2013년

『샘과 데이브가 땅을 팠어요』, 맥 바넷 글, 존 클라센 그림, 서남희 옮김, 시공주니어, 2014년

『내 안에 내가 있다』, 알렉스 쿠소 글, 키티 크라우더 그림, 신혜은 옮김, 바람의아이들, 2020년

『난 곰인 채로 있고 싶은데』, 요르크 슈타이너 글, 요르크 뮐러 그림, 고영아 옮김, 비룡소, 1997년

『내 어깨 위 두 친구』, 이수연 글·그림, 여섯번째봄, 2022년

『나의 무한한 혁명에게』, 김선우, 창비, 2012년

협성문화재단
NEW BOOK
프로젝트 총서

별걸 다 말합니다 교사 엄마의 공개 일기

ⓒ 강후림, 2022

초판 1쇄 발행 2022년 12월 20일

지은이 강후림
발행처 (재)협성문화재단
　　　　부산광역시 동구 충장대로160
　　　　협성마리나G7 B동 1층 북두칠성도서관
　　　　T. 051) 503-0341　　　F. 051) 503-0342
제작처 부크럼 출판사
　　　　T. 070) 5138-9971　　　E. editor@bookrum.co.kr

ISBN 979-11-6214-427-5 (03800)

* 가격은 겉표지에 표시되어 있습니다.
* 이 책에 실린 글과 이미지는 저자와 출판사의 허락 없이 사용할 수 없습니다.

이 도서의 국립중앙도서관 출판시도서목록(CIP)은 서지정보유통지원 시스템 홈페이지(http://seoji.nl.go.kr)와 국가자료공동목록시스템(http://www.nl.go.kr/kolisnet)에서 이용하실 수 있습니다.